ATOUT CŒUR À TOKYO

DU MÊME AUTEUR
AUX ÉDITIONS ARCHIPOCHE

Gâchis à Karachi
OSS 117 prend le maquis
Strip-tease pour OSS 117

JEAN BRUCE

ATOUT CŒUR À TOKYO

roman

ARCHIPOCHE

Première édition :
Presses de la Cité, 1958.

Notre catalogue est consultable à l'adresse suivante :
www.archipoche.com

Éditions Archipoche
34, rue des Bourdonnais
75001 Paris

ISBN 978-2-37735-510-5

1

Hubert Bonisseur de la Bath entra dans le bureau et dit en refermant la porte :

— Bonsoir. J'espère que je ne vous dérange pas.

Henry Babcock eut un léger sourire.

— Pas du tout. Je vous attendais.

Il avait une bonne tête sympathique et faisait penser à un gros ourson. Il regarda Hubert s'asseoir et reprit :

— J'ai reçu de Washington des instructions vous concernant. Que puis-je faire pour vous ?

— J'ai besoin de monnaie. Rien de plus.

— Passeport ?

— J'arrive de Rangoon, *via* Hong Kong. J'ai eu là-bas quelques ennuis, qui m'ont obligé à quitter le pays clandestinement. Mais personne ne s'est encore aperçu qu'il me manquait le visa de sortie birman...

— Nous allons arranger ça. Vous pourriez tomber sur un type trop méticuleux, à Honolulu, et cela vous obligerait à fournir des explications... Toujours à éviter.

— Okay, dit Hubert en jetant son passeport sur la table.

— Combien de dollars, voulez-vous ?

Hubert sourit, découvrant ses dents blanches et pointues.

— Cela dépend. Suis-je obligé de rentrer immédiatement ? J'aime beaucoup le Japon, vous savez...

Babcock éclata de rire et abattit ses mains sur son bureau.

— Et les Japonaises ? Hein ?... Eh bien, je crois que vous pouvez rester ici une semaine ou deux, à condition que je sache toujours où vous joindre pour le cas où Washington vous réclamerait...

Hubert s'épanouit.

— Alors, je pense qu'une petite avance de cinq cents dollars suffira... pour commencer.

Babcock cessa de rire.

— Vous êtes un peu gourmand, non ?

Hubert n'eut pas le temps de répliquer. La sonnerie de l'interphone s'était déclenchée. Babcock appuya sur un bouton et se pencha vers l'appareil.

— J'écoute.

Une voix nasillarde sortit du haut-parleur.

— Ici Kennedy. Morton et la fille sont là.

— Amenez-les.

Babcock coupa la communication, puis regarda Hubert.

— Vous pouvez rester. Cela vous intéressera peut-être et j'aimerais avoir votre opinion...

Il resserra son nœud papillon, d'un geste machinal. Des taches de sueur apparurent sous ses aisselles. Il expliqua :

— C'est une secrétaire du service du personnel. Nous la soupçonnions depuis quelque temps d'être en rapport avec des agents adverses. Surveillance discrète. Pas de résultats. Et la voilà qui raconte à son patron qu'elle a dû livrer quelques renseignements à un type qui la fait chanter, mais qu'elle préfère maintenant aller en prison plutôt que de continuer...

– Elle s'est peut-être aperçue que vous la faisiez surveiller. Elle aura pris peur et…

– Je ne crois pas. D'après Morton, son chef, elle serait sincère. Enfin, on va bien voir… Les voilà qui arrivent.

Des pas résonnaient dans le couloir, qui s'arrêtèrent devant la porte du bureau.

– Entrez ! cria Babcock.

Le battant s'ouvrit, poussé par un grand type d'allure dégingandée qui mâchait du chewing-gum et qui s'effaça aussitôt pour laisser passer une jeune femme blonde, suivie par une sorte de « Bibendum » vêtu de clair. Présentations. Hubert sut que le grand dégingandé s'appelait James Kennedy et qu'il était l'adjoint de Henry Babcock à la direction régionale de la CIA. La femme était évidemment la secrétaire dont Babcock venait de parler. Son nom était Davidson, Eva Davidson. Elle était blonde, mince, vêtue d'un tailleur gris remarquablement coupé, et possédait les plus beaux yeux du monde ; ce fut, sur l'instant, l'opinion d'Hubert. Le troisième s'appelait Herbert Morton. Il était chef du service du personnel de la CIA pour le Japon et la Corée et patron direct d'Eva Davidson. Il ressemblait assez à un hippopotame, mais portait avec élégance un complet de flanelle presque blanche, orné d'un œillet grenat à la boutonnière.

Ils s'installèrent en demi-cercle devant Babcock qui allumait un cigare. Eva Davidson tira sa jupe sur ses genoux serrés – elle avait des jambes ravissantes – et se tint très droite, les yeux modestement baissés.

James Kennedy prit la parole. Il s'exprimait avec un relâchement dans le ton et dans le choix des mots qui cadrait parfaitement avec son personnage.

— Vous avez devant vous la dame en question, Henry. Morton voudrait qu'on lui fasse confiance, mais je crois qu'il doit en être un peu toqué. Suffit de la regarder dix secondes pour comprendre. Avec des yeux comme ça, elle n'aura jamais besoin d'avocat pour plaider sa cause…

Un peu de rouge monta aux joues d'Eva Davidson et Babcock fronça les sourcils, visiblement irrité par le comportement de son adjoint.

— Mettez-vous à l'aise, madame Davidson, enchaîna-t-il d'un ton cordial. Nous sommes tous réunis ici pour entendre votre histoire. Votre intérêt est de nous faire pleinement confiance, Morton a dû vous l'expliquer…

Herbert Morton acquiesça d'un lent mouvement de son énorme tête, puis passa ses doigts boudinés dans ses cheveux gris coupés en brosse. Eva Davidson battit des cils et retourna son sac à main sur ses genoux.

— Nous vous écoutons, conclut Babcock.

La jeune femme déglutit avec peine, tourna un peu la tête, puis leva les yeux. Son regard extraordinaire rencontra celui d'Hubert qui sentit monter en lui une chaleur qui le surprit. Deux secondes, pas plus ; mais il eut l'impression d'être frustré lorsqu'elle reporta son attention sur Henry Babcock.

— J'ai déjà raconté mon histoire à M. Morton, dit-elle.

D'un ton paternel, celui-ci intervint :

— Bien sûr, Eva. Mais ces messieurs aimeraient l'entendre de votre bouche. Racontez-la comme vous me l'avez racontée. Ces messieurs vous poseront des questions s'ils ont besoin d'éclaircissements.

Elle eut un mouvement d'épaules résigné, porta sa main devant sa bouche et toussota pour s'éclaircir la voix.

— Ce n'est pas très agréable à dire, commença-t-elle. Surtout devant des hommes...

Sa voix était grave, profonde et veloutée. Une voix sensuelle et envoûtante qui, ajoutée à son extraordinaire regard, lui donnait un pouvoir de séduction auquel il devait être très difficile de résister. « Elle est absolument fascinante », pensa Hubert.

— Oubliez que nous sommes des hommes, disait Morton. Allez-y... Un jour, ce Japonais est venu sonner à votre porte... C'était quand ?

Elle déglutit de nouveau péniblement et baissa les yeux.

— Au début de l'hiver. Fin novembre, je crois... Ou début décembre... (Elle eut un bref regard en direction de Morton). Nous étions encore au service de l'Intendance... Il paraissait très correct et je l'ai laissé entrer...

Henry Babcock actionna sous son bureau le contact du magnétophone dissimulé dans un tiroir du meuble. Eva Davidson continuait :

— Sans perdre de temps, il m'a montré cette photo...

Elle baissa la tête et soupira. Morton proposa :

— Voulez-vous que j'explique ?

Elle fit un signe affirmatif. Le gros homme s'adressa aux autres, d'un ton qui se voulait aussi neutre que possible :

— Eva est mariée. Son époux, Melwyn Davidson, est professeur dans un collège de San Francisco. Eva étudiait les langues orientales à l'Université lorsqu'ils se sont mariés et elle avait déjà sollicité cet emploi, au Grand Quartier général des forces US en Extrême-Orient, pour venir à Tokyo afin de se perfectionner en japonais. Lorsque sa nomination est arrivée, ils ont décidé ensemble qu'elle devait partir...

— Nous pensions à l'avenir, murmura-t-elle. Nous aurions mieux fait de nous soucier uniquement du présent.

— Eva était depuis trois mois à Tokyo, reprit Morton, lorsqu'elle a commis une imprudence. La séparation avait été très dure pour elle et elle se trouvait au bord d'une dépression nerveuse qui la rendait vulnérable… Bref, un samedi soir, après avoir bu plus que de coutume, Eva s'est laissée entraîner par un garçon qu'elle ne connaissait même pas et qu'elle n'a d'ailleurs jamais revu…

Hubert pensa que c'était exactement le genre d'histoire qui pouvait arriver à une Américaine… Et toujours un samedi soir. À croire que ces femmes ne pouvaient boire que le samedi soir et ne faire l'amour qu'après avoir bu.

— Ils avaient passé la nuit dans un hôtel japonais de la périphérie. Dégrisée, au petit matin, Eva s'était esquivée sans bruit. Elle avait presque réussi à oublier cette pénible histoire lorsque ce Japonais lui montra… des photos.

— Tout à fait classique, dit Hubert.

Morton le regarda et fit la moue.

— S'il faut en croire Eva, ces photos, elles, n'avaient absolument rien de classique. Elles avaient été prises dans la chambre de cet hôtel japonais où…

— Je vous en prie, murmura la jeune femme.

— Nous avons parfaitement compris, intervint Babcock. Cet homme vous a donc montré ces photos. Et ensuite ?

Elle reprit la parole :

— Il voulait les envoyer à mon mari, à moins que… C'était un abominable chantage. J'étais désespérée, je voulais me tuer. Mais cela n'aurait rien arrangé, ce monstre avait tout prévu. Il aurait quand même envoyé les photos. J'allais tout avouer à M. Morton lorsque ce Japonais m'a expliqué ce qu'il voulait exactement en échange des négatifs... Ce n'était pas, à mon point de vue, très important, et j'ai accepté, croyant que ce cauchemar serait ensuite terminé...

— De quoi s'agissait-il ? demanda Babcock.

La jeune femme le regarda. Ses yeux bleu pâle étaient immenses, fascinants.

— Il voulait simplement l'état des marchés de denrées alimentaires passés par l'Intendance pour les forces US stationnées au Japon. Rien de plus.

— Déjà pas mal, apprécia Kennedy avec un sourire ironique.

Elle haussa les épaules.

— Je ne soupçonnais même pas que cela fût un renseignement secret.

Babcock lui expliqua :

— Si l'on connaît la ration journalière de base d'un soldat US et que l'on connaisse aussi les quantités de denrées alimentaires consommées pendant une période déterminée, il est facile de trouver l'effectif exact des troupes US stationnées dans ce pays. Et le chiffre des effectifs doit être gardé secret.

— Je suis navrée, murmura-t-elle.

— Vous avait-il rendu les négatifs ? questionna Hubert.

Elle se tourna vers lui et un vieux cliché de lacs de montagne lui revint à l'esprit lorsqu'il rencontra de nouveau le regard des grands yeux pâles.

— Oui, bien sûr. Mais je n'avais pas pensé qu'il pouvait avoir tiré des copies.

— Un gamin de dix ans y aurait pensé, lança James Kennedy avec un ricanement désagréable.

Eva Davidson semblait accablée. Hubert jeta un coup d'œil irrité sur Kennedy. Il lui en voulait inconsciemment de pouvoir résister au charme de la jeune femme, qui le trouvait, lui, parfaitement vulnérable.

— À quel moment est-il revenu ? demanda-t-il.

Il se rendit compte qu'il avait parlé uniquement pour que le merveilleux regard se posât de nouveau sur lui et il éprouva pour la seconde fois une sensation de chaleur dans tout le corps qui aurait dû le pousser à prendre la fuite sans plus tarder s'il avait eu encore pour deux sous de lucidité ; mais il conservait l'illusion qu'il n'avait et n'aurait jamais rien à faire avec cette histoire et qu'il pouvait bien se laisser aller un peu...

— Deux mois plus tard, je l'avais presque oublié.

— Et que voulait-il, cette fois ?

Leurs yeux ne se quittaient plus. Il eut l'impression qu'elle se retenait de respirer.

— Excusez-moi, dit-elle enfin au prix d'un visible effort. Je n'ai pas entendu ce que vous venez de dire...

Il répéta la question.

— Il voulait des renseignements sur l'organisation du trafic ferroviaire américain sur le réseau japonais.

— Vous les lui avez donnés ?

Elle ferma les yeux, un court instant, et avoua dans un souffle :

— Oui.

— Et la troisième fois ?

Elle eut un mouvement vers lui, de tout le corps, comme pour implorer son aide.

— Voici trois jours. Il m'a demandé le plan de l'organisation des services de la CIA au Japon, et la liste complète du personnel, titulaire et auxiliaire...

Morton intervint.

— Il faut que je vous explique. J'ai quitté l'Intendance de l'armée voici deux mois pour prendre la direction du service du personnel, ici...

— Et comme il avait pleine confiance dans sa secrétaire particulière, il l'a amenée avec lui, persifla Kennedy.

Morton lui lança un mauvais regard. Hubert demanda :

— Quand devez-vous livrer ces renseignements ?

— Demain soir.

Il siffla entre ses dents. Elle avait attendu le dernier moment pour prendre une décision.

— Eva m'a tout raconté hier, précisa Morton. Elle avait compris toute la gravité et toute l'importance de ce que l'on exigeait d'elle et...

Elle l'interrompit.

— C'était impossible, je ne pouvais pas faire ça. Je préfère aller en prison et que mon mariage soit brisé. Jamais je n'aurais pu vivre avec l'idée que des garçons avaient sans doute été torturés ou tués à cause de moi...

— Lorsqu'un réseau se trouve démasqué, approuva Hubert, cela se termine toujours par des morts violentes.

Babcock resserra son nœud papillon, puis arrangea les pointes de son faux-col. Il semblait perplexe.

— Comment se passent habituellement vos rencontres avec ce Japonais ? Il vient chez vous ?

— Non. Il n'est jamais revenu, après la première fois. Il m'aborde, sans prévenir, dans la rue, à la sortie du bureau, ou à la sortie du temple, le dimanche matin. Pour la remise des renseignements, il me fixe rendez-vous loin du centre, dans des quartiers que je ne connais pas...

— Le rendez-vous de demain soir, par exemple ?

— Je dois prendre le métro à Kyôbashi, sur Ginza, et aller jusqu'au terminus d'Asakusa. Après, je dois suivre à pied l'avenue R vers le nord. Il m'abordera au moment qu'il estimera propice...

Entraîner son informateur aussi loin que possible de son domicile était un principe toujours valable en matière d'espionnage.

— Quels renseignements pouvez-vous donner sur ce Japonais ? questionna Henry Babcock.

— J'ignore son nom. Il est grand, porte des lunettes... Toujours très bien habillé. Je ne vois rien d'autre...

— C'est mince, apprécia Kennedy.

Babcock se leva en repoussant son siège et marcha vers la fenêtre, les mains aux poches.

— Madame Davidson, dit-il sans la regarder, nous avons le choix entre deux solutions... Ou bien nous vous déférons devant un tribunal qui vous condamnera sûrement pour atteinte à la sûreté de l'État... Ou bien nous nous servons de vous pour identifier ce Japonais bien habillé et pour remonter plus loin si possible. Que préférez-vous ?

La jeune femme baissa la tête et fixa son sac que ses jolies mains tenaient sur ses genoux.

— Je ferai ce que vous déciderez, répondit-elle sans enthousiasme. Je suis à votre entière disposition...

Henry Babcock se tourna vers Hubert.

— Vous, l'homme d'action. Que proposez-vous ?

Hubert s'entendit répondre :

— Si vous n'y voyez pas d'objection, j'aimerais prendre cette affaire en main... Je pense que Mme Davidson devrait aller demain soir au rendez-vous les mains vides et dire à ce type que, l'arrivée imprévue de son mari lui ayant fait accorder un jour de congé, elle n'a pas pu se rendre au bureau pour y prendre les renseignements qu'elle avait préparés. Nous verrons bien ses réactions et nous essaierons, par la même occasion, de le prendre en filature…

Ironique, Kennedy demanda :

— Qui jouera le rôle du mari ?

— Moi, répondit tranquillement Hubert.

2

Eva Davidson ouvrit la porte. Hubert entra et posa dans le couloir la petite valise qu'il tenait à la main. Elle referma sans bruit. Tous ses gestes étaient mesurés et d'une grande douceur. Elle donnait parfois l'impression de se mouvoir dans un liquide.

— Heureusement que j'avais un plan, dit-il. Je n'aurais jamais trouvé.

Elle se retourna.

— C'est ça, Tokyo. Il faudra vous y faire… Pas de numéros sur les maisons et pas de noms pour les rues. Les appellations 1re Rue, 2e Rue, avenue A, avenue B, etc., sont d'invention américaine ; mais les Japonais les ignorent. On vous dira que M. Chosuki habite Chome I ou Chome 2, c'est-à-dire le premier ou le second bloc, dans le quartier de Marunouchi ou de Kyôbashi. Après quoi, débrouillez-vous. Les Japonais eux-mêmes partent toujours une demi-heure en avance pour leurs rendez-vous ; mais ils ne font rien pour remédier à cet état de chose…

Hubert savait tout cela. Mais il possédait un sens de l'orientation très développé, ce qui l'aidait beaucoup pour ses déplacements dans la capitale japonaise.

— Vous habitez ici depuis longtemps ?

— Un peu plus de six mois. C'est un peu loin du centre, mais la proximité d'Ichigaya-Hommura-Cho m'avait séduite…

Ichigaya-Hommura-Cho était le quartier où se trouvaient installés le GQG de l'armée des Nations unies pour la Corée et celui des forces américaines en Extrême-Orient.

— Vous voulez visiter ?

— Bien sûr.

L'appartement, assez exigu, était composé d'une entrée, d'une salle de séjour, d'une chambre à coucher, d'une salle de bains et d'une minuscule cuisine. Quand ils eurent fait le tour, Hubert consulta sa montre.

— Neuf heures cinq, nous n'avons plus de temps à perdre.

Il retourna dans l'entrée, chercher la valise qu'il ouvrit ensuite sur la table de la salle de séjour.

— Venez voir.

Elle approcha, mais sans la moindre hâte. Elle semblait indifférente à tout, triste et résignée. Hubert se demanda si elle l'avait regardé une seule fois depuis qu'il était arrivé. Il sortit de la valise un bustier de satin blanc curieusement renforcé et le déploya devant la jeune femme.

— Je vais vous demander de mettre ceci maintenant, je crois que c'est à peu près votre taille. Ne vous étonnez pas de voir les bonnets du soutien-gorge rembourrés ; nous n'avons pas pensé que vous aviez besoin de suppléments de sex-appeal. Il s'agit simplement d'un poste émetteur de radio astucieusement dissimulé. Dans ce bonnet se trouvent les piles, minuscules, et dans celui-ci l'émetteur proprement dit, à circuit imprimé et transistors, bien entendu. C'est ce qu'on fait de mieux dans le genre lilliputien. L'antenne est déployée dans le corps du bustier, comme les fils d'une couverture chauffante. La portée est de trois cents mètres au maximum…

Il posa le bustier sur la table et prit dans la valise une petite boîte qu'il ouvrit. Un très joli clip en forme de marguerite apparut. Il le sortit. Un long fil se déploya dessous.

— Voici le micro. Ce n'est pas de l'or véritable et les brillants sont faux ; mais il est tout de même assez joli. À placer dans la pointe du décolleté et à relier par ce fil à l'émetteur, comme ceci…

Il joignit le geste à la parole.

— Amusant, n'est-ce pas ?

Elle ne paraissait pas emballée, bien loin de là.

— Vous croyez réellement que je vais m'affubler de ce truc ? Je n'ai jamais porté de corset de ma vie et ce n'est pas aujourd'hui que je vais commencer. Vous pouvez le remballer…

Surpris, Hubert la considéra avec attention, cherchant à comprendre ce qui l'avait choquée. Elle lui offrait un visage buté, yeux baissés, lèvres pincées. Il lui toucha l'épaule. Elle ne bougea pas.

— Ne vous fâchez pas, Eva. Ce n'est pas pour m'amuser que je vous demande de porter ça… J'ai une grande expérience de ce genre d'affaires, croyez-moi, et ceci doit assurer votre sécurité. Ce Japonais que vous allez retrouver tout à l'heure ne viendra pas seul. D'autres membres de son organisation seront dans les parages, afin de s'assurer que vous n'êtes pas accompagnée, et il ne vous abordera qu'après avoir acquis la certitude de ne courir aucun risque. J'aurai un petit récepteur qui me permettra de vous suivre « à l'oreille » et d'être prévenu si vous vous trouvez soudain en danger hors de ma vue, ce qui est très possible…

Elle lui jeta un bref coup d'œil.

— Ce n'est pas pour cette raison que vous voulez m'obliger à porter ceci...

— Pas pour cette raison ? Dites-moi ce que vous pensez, Eva.

Elle répondit, et sa voix vibrait de colère contenue :

— Vous n'avez pas confiance en moi et c'est un moyen de m'espionner, de savoir exactement ce qui aura été dit, car vous avez peur que je vous cache quelque chose...

Il soupira.

— Vous vous trompez, Eva. J'ai besoin, certainement, d'entendre la conversation qui aura lieu entre le Japonais et vous ; mais c'est uniquement parce que vous n'avez aucune expérience de l'espionnage et que des mots qui vous paraissent sans intérêt peuvent me mettre, moi, sur une piste intéressante...

Elle le regarda, pas du tout convaincue, et répliqua avec une pointe d'ironie :

— De toute façon, vous perdrez votre temps, car ce Japonais ne connaît pas l'anglais et nous nous entretenons dans sa langue.

Hubert fit la grimace, il n'avait pas prévu cela.

— Cela ne fait rien. Mettez ça quand même. Vous pourrez toujours me prévenir si vous vous trouvez en danger...

— D'accord, mais c'est bien pour vous faire plaisir...

Elle prit le bustier et passa dans la chambre, laissant la porte ouverte. Hubert referma la valise et la posa sur le parquet, contre le mur. Il était déçu et ennuyé par l'attitude de la jeune femme. Il avait pensé qu'elle y mettrait davantage de bonne volonté. Irrité, il la vit revenir, simplement vêtue d'une jupe et du bustier qu'elle tenait avec ses mains, dans son dos.

— Je n'arrive pas à le fermer toute seule, expliqua-t-elle.

Il entreprit de lui rendre le service demandé et dit d'un ton sec :

— J'ai horreur des malentendus et je voudrais que le problème soit nettement posé dès le départ... Vous devriez actuellement vous trouver en prison. Je vous ai tendu une perche que vous avez saisie de votre plein gré. Vous êtes maintenant sous mes ordres et vous devez m'obéir aveuglément. C'est à prendre ou à laisser et il est encore temps pour vous de renoncer...

Elle se tourna à demi pour le regarder. Ses grands yeux pâles exprimaient un profond désarroi.

— Vous êtes fâché, murmura-t-elle. Je suis navrée...

Il continua de fixer les agrafes du bustier.

— Comprenez-moi bien, Eva. Ce que nous allons faire n'est pas un jeu pour jeunes femmes capricieuses. La moindre imprudence, la moindre négligence peuvent avoir des conséquences tragiques... L'espionnage, c'est comme le funambulisme : une erreur, une distraction, un faux pas et vous dégringolez ; c'est fini.

Elle frissonna.

— Vous allez me faire peur.

— Il le faut. Il faut que vous soyez parfaitement consciente de ce que vous allez faire.

Elle ne répondit pas. Il termina d'ajuster le bustier et fit un pas de côté.

— Mettez un corsage décolleté en pointe, si vous en avez un.

— J'en ai un. Mais il faudra de toute façon que je mette un manteau. Il ne fait pas chaud.

— C'est sans importance. Dépêchez-vous, le temps passe.

Elle retourna dans la chambre et revint quelques instants plus tard. Il brancha lui-même le clip-micro sur la prise ménagée dans le bonnet du soutien-gorge, puis la laissa fermer son corsage et fixa le bijou dans le creux du décolleté.

— La pile est suffisante pour douze heures d'émission, je ne vais donc pas vous embêter avec des histoires de contact. Nous vérifierons en bas le fonctionnement…

Elle le regarda et sourit. Il se sentit désarmé.

— Nous partons ?

— Oui.

— Je prends mon manteau…

— Un instant. Vous savez qu'à partir de maintenant je suis votre mari. Nous allons donc vivre ensemble comme des époux et il faudra nous comporter en public comme des époux…

Il la vit se contracter.

— Puis-je savoir jusqu'à quel point vous entendez tenir votre rôle ?

Avec une autre, il aurait tenté sa chance et répondu : tenir le rôle « complètement » ; mais, avec elle, il n'osa pas.

— Vous me ferez un lit ici, sur le divan. La comédie sera destinée uniquement au public.

— Qu'espérez-vous ?

Il crut deviner qu'elle était un peu vexée et qu'elle eût préféré une réponse plus audacieuse, quitte à être obligée de le rabrouer vertement.

— Que si je n'obtiens aucun résultat ce soir, votre Japonais bien habillé prendra contact avec moi dès qu'il aura compris que vous ne voulez pas lui donner satisfaction…

— Pour vous montrer les photos ?

Il sourit. Un sourire angélique.

— Exactement.

Elle resta silencieuse. Son joli visage était sans expression. Pour créer une diversion, il sortit son passeport de sa poche et le lui tendit :

— Jetez un coup d'œil. Je suis vraiment votre mari...

Henry Babcock lui avait fait établir dans la journée un passeport au nom de Melwyn Davidson, professeur, habitant San Francisco. Il avait d'autres papiers dans son portefeuille, portant la même identité : permis de conduire, carte d'assurance sociale, cartes de clubs, etc., et quelques portraits d'Eva...

— Il va donc falloir que je m'habitue à vous appeler Mel, murmura-t-elle en feuilletant le document.

— Cela vous ennuie beaucoup ?

— Je ne sais même pas votre vrai nom.

— Vous n'avez aucun besoin de le savoir. Si cela peut vous consoler, personne à Tokyo ne le connaît.

Elle lui rendit le passeport.

— Pas même M. Babcock ?

— Pas même M. Babcock.

— Vous êtes un personnage plein de mystère.

— C'est ce qui fait mon charme.

Elle retourna dans la chambre et revint avec son manteau sur le bras. Il l'aida à enfiler le vêtement. Elle éteignit les lumières et ils sortirent.

Hubert avait laissé sa voiture, une Buick grise de location, au coin de l'avenue K et la rue Mampei. Il fit monter la jeune femme et prit place au volant.

— Nous allons faire un essai radio, annonça-t-il.

Il ouvrit la boîte à gants avec la clé et en sortit une boîte de bakélite noire, de la dimension d'un portefeuille, autour de laquelle était entouré un fil terminé par une fiche noire. Il poussa un contact, déroula le fil, mit la boîte dans la poche intérieure droite de sa veste et enfonça la fiche dans son oreille droite. Il avait l'air d'un sourd muni d'un appareil de prothèse auditive.

Il se boucha l'autre oreille et demanda :

— Soufflez sur votre clip, s'il vous plaît.

Elle baissa la tête et souffla.

— Parlez.

— Je veux bien croire que vous êtes mon mari puisque vous m'avez montré vos papiers, dit-elle d'un ton de récitation, mais je ne vous reconnais toujours pas. Je ne croyais pas qu'un être humain puisse changer pareillement en moins d'un an.

Il se mit à rire et retira la fiche de son oreille.

— Ça marche très bien. Allons-y.

Il lança le moteur et démarra en allumant les lanternes.

— Vous descendez jusqu'au palais impérial, indiqua-t-elle, et vous le contournerez par la droite...

— Je sais.

Elle s'étonna :

— Vous êtes déjà venu à Tokyo ?

— Oui, et quand je suis passé une fois quelque part, je n'oublie jamais...

Ils roulèrent un moment en silence. La circulation était presque nulle, mais Hubert se tenait quand même sur ses gardes. Il avait appris à estimer les automobilistes japonais à leur juste valeur : les plus inconscients et les plus dangereux du monde. Ils tournèrent à droite devant la porte Hanzô Mon du palais. Hubert accéléra un peu pour dépasser un tramway qui le gênait. Puis il reprit la parole :

— Je voulais vous poser quelques questions, Eva...

— Je vous en prie... Mel.

— Vous avez sûrement noté l'adresse de cet hôtel japonais où... votre ami de rencontre vous avait emmenée.

Elle laissa s'écouler quelques secondes avant de répondre.

– Non. Quand je me suis réveillée et que j'ai compris ce qui s'était passé, j'ai cru devenir folle. Je me suis rhabillée sans bruit et je suis sortie sur la pointe des pieds. En bas, une femme de chambre s'est chargée de m'appeler un taxi. Tout ce dont je me souviens est que le trajet de retour a duré plus d'une demi-heure...

– Quelle heure était-il ?

– Sept heures du matin, environ.

– Pas beaucoup de circulation, par conséquent. Cela fait un joli parcours. C'était au nord, au sud, à l'ouest ?

– À l'ouest, je crois. Mais je n'en suis pas sûre.

– Et cet homme ? Comment s'appelait-il ? Comment était-il ?

– C'était un compatriote. Il s'appelait Bob.

– Bob tout court ?

– Bob. Je ne sais rien d'autre.

– De quoi avait-il l'air ?

Elle répliqua, avec une soudaine nervosité.

– Il avait l'air d'un Américain. Grand, blond et mal élevé. Un soldat, probablement.

– Ne vous énervez pas.

– J'étais ivre. Cela ne vous est jamais arrivé ?

– Pas depuis très longtemps. Dans mon métier, l'alcool tue vraiment et vite.

Il n'insista plus. Ils longeaient maintenant le parc Hibiya. Les feux passèrent au rouge et il dut arrêter la Buick au carrefour. À droite était le fameux hôtel Imperial. Il sourit en pensant au plaisir qu'éprouvaient les Français de passage à Tokyo en donnant l'adresse de cet hôtel aux chauffeurs de taxi. En japonais, « impérial » se dit *teikoku*.

Ils atteignirent rapidement Ginza et ses débauches de néon multicolore. Hubert rangea la voiture un peu avant la station de métro de Kyôbashi et regarda sa compagne. Elle était contractée et avait triste mine. Il lui prit la main.

— N'ayez pas peur, chérie. Je serai toujours là... Vous ne risquez rien si vous faites exactement comme je vous ai dit.

Elle eut un pauvre sourire. Il se rapprocha d'elle sur la banquette et lui entoura les épaules de son bras.

— Vous allez partir maintenant. Moi, je file directement en voiture jusqu'au terminus d'Asakusa. J'y serai un peu avant vous, j'espère. À cette heure-ci... En tout cas, ne vous pressez pas trop. Je saurai que vous arrivez là-bas lorsque j'entendrai quelque chose dans mon écouteur. Ne cherchez surtout pas à m'apercevoir. Faites ce que l'autre vous a demandé. Prenez l'avenue R. Je suivrai à bonne distance d'écoute. Si vous tournez à gauche, toussez une fois ; si vous tournez à droite, toussez deux fois. Si vous entrez dans une maison, toussez trois fois. Compris ?

Elle fit un signe affirmatif.

— Si vous êtes en danger, appelez-moi carrément et donnez les indications nécessaires. N'hésitez pas. Quand il vous aura quittée, rentrez directement chez vous. Je vous rejoindrai plus tard... Allez-y.

Il se pencha pour lui ouvrir la portière. Elle allait descendre.

— On n'embrasse plus son mari ?

Elle lui posa un baiser rapide sur la joue. Il la regarda s'éloigner, avec une mauvaise impression au creux de l'estomac. Elle avait peur, et la peur lui enlèverait une grande partie de ses moyens et de sa lucidité.

Il jura entre ses dents et repartit en trombe. Il n'allait tout de même pas se laisser impressionner par un pressentiment. Il la vit en passant qui s'enfonçait dans la bouche du métro, lentement, comme une somnambule…

3

Hubert vit la gare en arrivant et son cœur se serra. Personne ne lui avait dit qu'il y avait une gare à la sortie du métro. Il allait être obligé de tenir compte de ce fait nouveau, car le Nippon bien nippé que devait rencontrer Eva pouvait fort bien lui faire prendre le train pour l'entraîner en banlieue.

Il aperçut la place libre, de l'autre côté du carrefour et bénit la chance qui le servait une fois de plus. Il fit faire un demi-cercle à la Buick et la rangea juste à l'angle de la rue, sans nom, qui se prolongeait au-delà de la place par le pont Azuma. Excellent observatoire. Il pouvait surveiller l'entrée de la gare et la sortie du métro. Un seul inconvénient : il risquait de se faire remarquer.

Pourquoi Eva ne lui avait-elle pas parlé de cette gare ? En ignorait-elle l'existence ? Il aurait été si facile de prévoir quelques toussotements de plus pour cette éventualité... Il enfonça la fiche d'écoute dans son oreille droite et remit le contact de son appareil récepteur qu'il avait coupé en cours de route. Puis il déploya l'*Asahi Evening News* et se mit à lire les dernières nouvelles. Il n'était pas obligé de surveiller des yeux la sortie du métro, il serait prévenu par le bruit des voix et des pas dans l'escalier que lui transmettrait l'émetteur transporté par la jeune femme.

Son esprit n'enregistrait rien de ce que son regard lisait. Il pensait à l'affaire. Il ne pouvait pas s'empêcher d'y penser. L'adversaire inconnu avait usé d'un procédé classique : le chantage et de faibles exigences au début pour ne pas affoler la victime. Puis, à mesure que celle-ci se sentait engluée dans le piège, des exigences toujours plus grandes, mais toujours suffisamment espacées dans le temps afin de lui permettre de récupérer entre chaque épreuve. Des exigences trop souvent répétées pouvaient pousser le sujet jusqu'à la limite de sa résistance et l'acculer à la révolte…

Là, l'erreur commise avait été une trop grande disproportion, tout au moins dans l'esprit de la victime, entre la seconde exigence et la troisième. Il y avait eu rupture.

C'était donc une affaire classique, mais qui nécessiterait beaucoup de doigté ; car l'adversaire, s'il avait commis une erreur de psychologie, n'était sûrement pas un apprenti. Et, de plus, ce Nippon bien nippé devait avoir derrière lui toute l'organisation dont il dépendait. Alors qu'Hubert travaillait seul.

Absolument seul.

Henry Babcock avait immédiatement compris ce que l'offre d'Hubert de prendre l'affaire en mains présentait comme avantage pour les Services dont il avait la responsabilité. Le réseau qui s'était attaqué à Eva Davidson cherchait à se procurer des informations concernant le fonctionnement et le personnel de la CIA au Japon. Il ne pouvait y avoir à cela que deux raisons : ou ce réseau inconnu avait l'intention de noyauter le service américain en donnant à ses agents le moyen de s'y infiltrer, ou bien il préparait une campagne d'intoxication, c'est-à-dire qu'il cherchait le moyen de fournir à la CIA des informations erronées sur un sujet et dans un but bien déterminés.

De toute façon, les services dirigés par Babcock se trouvaient menacés et celui-ci avait intérêt à éviter le contact direct. L'entrée en jeu d'Hubert, arrivé seulement quelques heures plus tôt au Japon, et sans lien réel avec ses collègues opérant habituellement dans le pays du Soleil levant, était donc une vraie bénédiction. Henry Babcock avait très vite décidé, exploitant la conjoncture au maximum, qu'Hubert agirait vraiment seul, sans aucune aide locale. Une bonne couverture, représentée par des papiers parfaitement en règle au nom de Melwyn Davidson, et une avance de mille dollars sur les frais constituaient tout ce qu'Hubert avait pu obtenir…

Bien sûr, il aurait pu se rétracter. Mais, séduit par la perspective, Henry Babcock aurait probablement demandé par radio à Washington l'autorisation de l'employer pour cette affaire. Hubert avait donc accepté. Il refusait encore de s'avouer que le fascinant regard d'Eva Davidson y était pour quelque chose…

Il commençait à se demander s'il n'était pas arrivé trop tard et si la jeune femme ne se trouvait pas déjà aux prises avec l'adversaire, hors de portée d'écoute, lorsqu'un bruit confus transmis par la radio le rassura.

Le bruit se précisait rapidement. Il entendait des voix, japonaises, des claquements de talons, des rires. Il leva un bras et orienta le rétroviseur de façon à pouvoir surveiller la bouche de métro sans être obligé de tourner la tête. L'endroit était fort mal éclairé, mais Hubert voyait cependant des gens émerger du sol. Certains pénétraient dans la gare, d'autres s'égaillaient dans toutes les directions. Deux hommes marchèrent vers l'édicule planté au bord du fleuve invisible. Une femme solitaire s'engagea sur le pont.

Que faisait Eva ? Elle apparut enfin. Il reconnut sa silhouette élégante et son manteau blanc. Il regretta de ne pas lui avoir dit de prendre un vêtement moins voyant ; mais, après tout, cela n'était pas d'une grande importance puisqu'elle n'avait pas à se cacher.

Il la vit prendre l'avenue R et disparaître de l'autre côté de la gare. Il décida d'attendre encore un peu avant de prendre la suite. Si des observateurs se trouvaient disposés autour de la place, ils devaient guetter les mouvements qui suivraient immédiatement la disparition de la jeune femme ; car ils penseraient sûrement à une protection à vue.

Il entendait les pas d'Eva. Il entendait aussi sa respiration, courte et rapide. La respiration d'une femme effrayée.

Il comptait machinalement les pas. À deux cents, il descendit de la Buick, le plus naturellement du monde, et partit dans l'avenue qui longeait le côté gauche de la gare, formant un V avec l'avenue R. Il savait qu'une petite rue, à droite, un peu plus loin, le ramènerait dans le bon chemin.

Il passa devant une salle de *pachinkos*, et le vacarme des appareils à sous couvrit un instant la réception radio. Puis un jeune Japonais l'aborda pour lui faire des propositions d'une honnêteté douteuse. Il l'envoya poliment sur les roses. Le garçon sourit et s'éloigna sans insister.

Il traversa la chaussée un peu plus loin et faillit se faire écraser par un taxi 4 CV Renault dont il avait sous-estimé la vitesse. Il tourna bientôt à droite, dans la petite rue pratiquement déserte qui rejoignait l'avenue R. Un léger brouillard flottait au-dessus de la Sudima et la température était fraîche bien que la première semaine d'avril fût écoulée et que tout le monde attendît avec impatience la floraison des fameux cerisiers.

Toc, toc, toc, toc, toc... Eva Davidson marchait toujours d'un pas égal, lent, résigné, comme une bête allant à l'abattoir. D'une pression du bras, Hubert chercha instinctivement la présence d'une arme sous son aisselle gauche. Mais la place était vide. Il était parti les mains nues, volontairement. Il était suffisamment entraîné à toutes les techniques de combat de rue et ne craignait les armes à feu qu'à partir d'une certaine distance. D'autre part, les rafles étaient fréquentes dans Tokyo. Les MP américains étaient toujours à la recherche de déserteurs et il n'était pas recommandé de se promener armé si l'on voulait éviter les histoires.

Il atteignit l'avenue R et tourna à gauche. Des jardins bordaient le fleuve, de l'autre côté de la chaussée. Il croisa une femme en kimono dont les socques de bois claquaient bruyamment sur le trottoir. Il ne voyait pas de silhouette blanche devant lui, mais l'écoute restait bonne. Eva Davidson n'était donc pas à plus de deux cent cinquante mètres en avant...

Il s'arrêta brièvement à deux ou trois reprises, dans des zones d'ombre épaisse, afin d'observer ses arrières. Il ne devait rien négliger. Les surprises étaient rarement bonnes dans ce fichu métier...

Il marchait un peu plus vite, pour réduire la distance, lorsque le bruit des pas de la jeune femme cessa de se faire entendre. Il retint son souffle. Deux secondes plus tard, une voix résonna dans l'écouteur. Une voix d'homme, qui s'exprimait en japonais. Il entendit encore Eva Davidson répondre, également en japonais...

Puis, brusquement, plus rien. Silence complet. Il s'immobilisa pour mieux prêter l'oreille, mais il n'y avait plus d'émission. Ou plus de réception. Il secoua son appareil, vérifia le contact. Sans résultat.

La liaison était rompue et cela ne pouvait signifier qu'une chose. L'angoisse au cœur, il se mit à courir...

Il ne courut pas longtemps. Un grand carrefour était devant lui. Fallait-il prendre à gauche, continuer tout droit ou bien traverser la Sudima ? Il hésitait, la mort dans l'âme. Un Japonais, petit et bien nourri, approcha et se plia en deux pour le saluer.

– *Very nice girl, sir ?*

– Fiche-moi la paix ! gronda Hubert.

Choqué par cette brutalité bien occidentale, le Japonais salua dignement et tourna les talons. Au même instant, Hubert aperçut une silhouette blanche qui se déplaçait de l'autre côté du carrefour, le long des jardins bordant la Sudrina. Il respira profondément et traversa d'un pas normal. Il avait retrouvé tout son sang-froid et toute sa dureté.

Arrivé de l'autre côté, il se rendit compte que la jeune femme n'était pas seule. Un homme grand et mince, vêtu de sombre, se tenait auprès d'elle. Ils étaient immobiles et devaient discuter.

Hubert continua dans l'avenue R, qui s'écartait à cet endroit de la Sudrina. Puisqu'ils en étaient au stade de la conversation, Eva et l'autre n'allaient plus tarder à se séparer. Et, logiquement, le Japonais n'avait aucune raison de s'éloigner dans la petite rue sans intérêt qui continuait le long du fleuve.

Il y avait un arrêt de tramway admirablement bien placé. Hubert s'y posta en formant des vœux pour que la prochaine rame n'arrivât pas trop vite. Il voyait toujours le couple arrêté dans l'ombre des arbres, à cinquante mètres de là. Eva Davidson parlait, avec une certaine animation. L'autre ne devait pas se laisser convaincre facilement...

Ils se séparèrent brusquement. Eva Davidson revint sur ses pas, traversa le carrefour du côté du pont et continua dans l'avenue R avec l'intention probable d'aller reprendre le métro au terminus d'Asakusa. L'homme resta immobile un long moment, la regardant s'éloigner. Puis il traversa la chaussée, passa à dix mètres d'Hubert sans paraître le remarquer et disparut au coin de la rue perpendiculaire à l'Avenue, le dos tourné au fleuve.

Hubert attendit un temps raisonnable avant de prendre la piste. Le carrefour était maintenant désert. Décor triste, mélancolique, avec cette brume qui nimbait les rares réverbères et mouillait le sol.

Le Japonais marchait d'un pas vif et régulier, très militaire, la tête haute, les épaules bien dégagées. Ce devait être un ancien officier. Hubert traversa la rue, la filature lui paraissait plus facile et moins dangereuse sur l'autre trottoir...

Que s'était-il passé ? Pourquoi l'émission avait-elle été coupée à l'instant le plus intéressant ? Il ne pourrait le savoir qu'après avoir interrogé Eva, ou avoir examiné le bustier-émetteur. Il s'était souvent servi d'autres types d'appareils transportables, mais c'était la première fois qu'il utilisait celui-là. Le simple mouvement de la respiration ne pouvait-il débrancher un contact mal ajusté ?

Ils marchèrent longtemps dans ce quartier excentrique de Tokyo, qui ressemblait à n'importe quel quartier excentrique de n'importe quelle capitale du monde. Maisons basses, sombres et tristes, rues sales, éclairage insuffisant, misère et bistros.

Le Japonais marchait sans jamais se retourner, comme un promeneur ordinaire. Au bout d'un quart d'heure, il entra dans un petit bar de style américain. Hubert ralentit, puis passa lentement et regarda par la large fenêtre entourée d'une grosse moulure de bois et garnie d'un rideau symbolique.

Intérieur surréaliste, noir, rouge et vert. Éclairage « intime » et trois serveuses en kimono derrière l'interminable comptoir. Seul client, le Japonais buvait une bière en écoutant, ou en n'écoutant pas, le caquetage de ses compatriotes.

Hubert se dissimula un peu plus loin dans l'ombre d'une porte. L'heure passait et il commençait à se demander si l'autre, l'ayant remarqué, ne s'amusait pas tout simplement à le promener.

Le Japonais ressortit. Il était resté dix minutes. Hubert le laissa prendre un peu d'avance avant de lui emboîter de nouveau le pas.

Une bonne demi-heure s'était écoulée depuis qu'il avait quitté le carrefour de Sudrina Kôen après qu'Eva se fut éloignée, lorsqu'Hubert reconnut avec étonnement l'entrée du célèbre Yoshiwara. Que venait faire le Japonais dans le quartier réservé de Tokyo, si pittoresque mais voué à disparaître depuis une récente loi sur la prostitution ? Les cinq minutes d'entretien avec Eva lui avaient-elles donné de l'inspiration ? En tout cas, il avait pris le temps de venir à pied…

À la suite de l'autre, Hubert passa les limites du quartier. Aussitôt, un essaim de rabatteurs fonça sur lui comme des mouches sur un pot de miel. Il pensa que l'un d'eux pouvait lui constituer une sorte d'alibi et le choisit au hasard.

— Je veux d'abord visiter, précisa-t-il. Accompagnez-moi.

Très fier, le jeune garçon toisa ses confrères et se mit à suivre Hubert comme son ombre, l'accablant d'explications en anglais zézayant, émaillées d'expressions argotiques américaines qui prenaient un nouveau relief dans cette bouche orientale.

Le Japonais avait ralenti le pas. Les rues de terre battue, sombres, étaient bordées de maisons basses typiquement japonaises, en bois et en papier huilé. De très jolies filles, vêtues de somptueux kimonos, se tenaient debout dans l'encadrement des portes ouvertes, éclairées par des lanternes de papier de toutes couleurs, bleues, rouges, jaunes, vertes, qui donnaient à l'ensemble un aspect irréel de tableau vivant. Hubert pensa que nulle part dans le monde il n'avait vu de quartier réservé donnant une pareille impression. Les filles elles-mêmes étaient d'une étonnante dignité, leurs appels au client de passage ne dépassant jamais le stade du sourire câlin et du battement de cils...

Le Japonais entra dans un grand *brothel* situé à l'angle d'une ruelle où deux personnes devaient avoir du mal à marcher de front. Hubert continua, toujours flanqué de son guide au bagout intarissable, puis revint sur ses pas et décida d'entrer dans la maison qui venait d'absorber l'autre.

Le jeune guide s'y opposa. Il connaissait bien mieux dans le genre, personnel de première qualité et prix défiant toute concurrence. Hubert comprit que le garçon travaillait en exclusivité pour un autre établissement et arrangea l'affaire avec deux billets de cent yens. Le rabatteur sourit, joignit les mains, se courba en deux et remercia longuement. Hubert entra dans la maison.

Une dame d'un certain âge, accompagnée d'un homme jeune et très aimable, vint l'accueillir. On lui demanda de retirer ses chaussures et on lui donna des savates. Puis l'homme le conduisit dans une petite pièce carrée, chauffée par un brasero. Pas d'autre mobilier que le traditionnel tatami sur lequel ils s'accroupirent. En bon judoka qu'il était, Hubert savait prendre la pose. L'homme engagea la conversation, parlant du temps qu'il faisait, des cerisiers qui allaient bientôt fleurir. La dame reparut, apportant le thé, puis repartit. Un peu plus tard deux filles entrèrent, vêtues de kimonos. Elles se cassèrent en deux, prononcèrent de longues phrases de salutations, puis s'installèrent sur le tatami et sourirent à Hubert. Elles savaient quelques mots d'anglais, mais la conversation ne tarda pas à languir. Hubert ne paraissant pas leur manifester un intérêt particulier, elles se retirèrent bientôt, accompagnant leur retraite d'une longue série de sourires et de courbettes.

Deux autres prirent la suite et le même manège se répéta ainsi quatre fois. Hubert se décida finalement à dire :

— J'avais rendez-vous ici avec un ami. Un de vos compatriotes. Grand, mince, très bien habillé… Peut-être est-il arrivé avant moi ?

Un silence. L'homme regarda les deux filles qui sourirent, n'ayant probablement rien compris. Il continua de les regarder. Elles se levèrent et s'en allèrent avec le cérémonial habituel. Nouveau silence. L'homme but quelques gorgées de thé vert, puis ses yeux bridés se levèrent sur Hubert.

— Comment s'appelle votre ami ?

Hubert sourit. Un sourire embarrassé.

— C'est que je n'en sais rien. Nous nous sommes rencontrés dans l'après-midi, chez des amis communs. Il m'a donné rendez-vous ici.

L'homme se leva.

— Voulez-vous me suivre ? proposa-t-il.

Hubert se mit debout et lui emboîta le pas. Ils longèrent un couloir bordé de cloisons mobiles montées sur glissière. Une porte au fond. Le Japonais l'ouvrit.

— Par ici.

Hubert aperçut un jardin, une autre maison un peu plus loin. Il faisait sombre. Il passa en crabe, soucieux de ne pas tourner le dos au Japonais, mais l'attaque arriva d'un autre côté. Un *hatemi* à la carotide. Il n'eut même pas le temps de comprendre ce qui lui arrivait et tomba en syncope…

4

Le lit était confortable et chaud. Hubert se retourna pour mieux se rendormir, mais une vive douleur, sur le côté du cou, le réveilla complètement.

Il était dans l'obscurité et le silence était complet. Il se rappela ce qui s'était passé et se demanda comment il était arrivé dans ce lit. Il sortit un bras, tâtonna sur le mur à la recherche d'un interrupteur, vainement, repoussa les couvertures et s'assit. Son cou lui faisait très mal, mais ce n'était pas ce qui l'inquiétait le plus.

On l'avait en partie déshabillé, ne lui laissant que sa chemise, son slip et ses chaussettes. Il descendit du lit. Le parquet grinça sinistrement sous son poids. Où était-il ? Il gagna le pied du lit, trouva le mur et le suivit, toujours à tâtons. Un angle. Il buta dans une chaise qui se renversa avec un bruit saisissant. Écoute. Rien ne bougeait. Il continua, toucha une porte, mit enfin la main sur un interrupteur. Lumière.

La chambre était carrée, tapissée de papier rose déchiré par endroits. Le lit était en bois, haut et vaste, avec un gros édredon blanc. Près de la fenêtre, une table supportait des choses diverses et sans grand intérêt, dont un paquet de Kleenex. Quelques pin-up américaines découpées dans des calendriers étaient fixées aux murs. La chaise qu'il avait renversée supportait ses vêtements.

La température était plutôt fraîche. Il décida de se rhabiller. Mieux valait d'ailleurs reprendre une tenue décente avant d'entreprendre quoi que ce fût. Un homme en caleçon perd la moitié de ses moyens.

Il terminait de lacer ses souliers lorsqu'il entendit des pas qui se rapprochaient sans hâte. Il se redressa. La porte s'ouvrit en grinçant. La dame patronnesse qui l'avait accueilli lorsqu'il était entré dans la maison apparut en peignoir lie-de-vin, un peu endormie mais souriante.

— Comment vous sentez-vous ? demanda-t-elle. Vous partez déjà ? Vous ne voulez pas rester ? Une de nos jeunes filles pourrait vous tenir compagnie...

Hubert sourit à son tour. Il avait toujours eu le sens de l'humour.

— Merci beaucoup, c'est très aimable à vous. Mais il faut que je parte. Ma mère doit s'inquiéter terriblement. Je ne suis jamais resté si tard dehors, vous savez...

Il palpa ses poches.

— Au fait, sauriez-vous où se trouvent ma montre et mon portefeuille ?

— Dans ma chambre. Il n'y a pas de verrous aux portes et nous recevons ici des gens de toutes catégories...

— Bien sûr, approuva Hubert en élargissant son sourire.

Il se frotta doucement le cou.

— J'ai dû me cogner quelque part, je suppose ?

— Vous avez glissé sur une marche. Une très mauvaise chute... Nous avons dû appeler un médecin.

— Oh ! Vous me direz combien je dois.

— Absolument rien. Je suis bien trop navrée de ce qui vous est arrivé. Vous tenez vraiment à partir tout de suite ?

— Vraiment, oui. Excusez-moi…

— Comme vous voudrez…

Elle l'invita d'un geste à la suivre. Le couloir était sombre. Des panneaux coulissants ouverts laissaient apercevoir une rangée de minuscules cuvettes de lavabos. On aurait dit les toilettes d'une école maternelle.

Elle lui rendit tout le contenu de ses poches, sans rien oublier, et lui demanda de vérifier si rien ne manquait dans le portefeuille. Après quoi elle le raccompagna jusqu'à la porte, lui redonna ses chaussures et lui indiqua le chemin à suivre jusqu'à la plus proche station de taxis.

Sa montre indiquait exactement une heure vingt-cinq après minuit lorsqu'il se retrouva dehors.

*

Eva Davidson lui ouvrit au second coup de sonnette. Elle avait revêtu un déshabillé de nylon rose et transparent par-dessus un pyjama de même tissu, mais fleuri de blanc. Les jambes étroites du pantalon se terminaient par des volants serrés aux chevilles. Un très joli spectacle.

— Mon Dieu, murmura-t-elle, vous êtes sauf ! J'étais si inquiète.

Elle repoussa les verrous. Il la précéda dans la salle de séjour et vit son lit préparé sur le canapé. Elle avait tout de même fait preuve d'optimisme.

— Tout d'abord, chérie, donnez-moi de l'aspirine avec un verre d'eau.

— Vous avez trop bu ?

— Non. Un peu de névralgie, ce n'est rien.

Elle disparut dans la cuisine et revint avec ce qu'il avait demandé. Il absorba le calmant, puis demanda :

— Que s'est-il passé ? L'émission s'est trouvée coupée dès les premiers mots…

Elle porta ses doigts à ses tempes.

— Affreux ! répondit-elle. J'ai cru mourir de peur. Sans prévenir, il a saisi le clip et a tiré dessus… Arraché !

Hubert fronça les sourcils et retint son souffle.

— Vous voulez dire qu'il savait que vous portiez un émetteur sur vous ?

Elle secoua la tête pour exprimer son désarroi.

— Je ne vois pas d'autre explication. Il a pris le clip, comme ça, hop ! Et tout est venu. Le fil avec… « Ne me prenez surtout pas pour un imbécile ! », m'a-t-il dit.

Tendu, Hubert questionna :

— Et après ?

— Après, il m'a demandé si j'avais apporté ce qu'il m'avait réclamé. Je lui ai débité ce que vous m'aviez prescrit. Il a eu l'air de me croire. Il m'a dit qu'il vérifierait et que, si mon mari se trouvait réellement là, il attendrait qu'il soit reparti.

Elle semblait très fatiguée, mais ses immenses yeux clairs étaient toujours aussi beaux, aussi fascinants. Il eut envie de la prendre dans ses bras et de la rassurer.

— Vous n'avez pas pu le suivre ?

— Si, répondit-il. Je l'ai suivi longtemps… Finalement, je l'ai perdu.

— Vous l'avez perdu…

Très désappointée, elle soupira. Sans doute avait-elle cru que tout serait terminé pour elle après ce préambule. Hubert ne voulait pas lui dire qu'il tenait tout de même un début de piste, à partir du *brothel* au personnel si aimable : « Que ta main droite ignore ce que fait ta main gauche » était un précepte toujours valable en matière d'espionnage.

— Il faudra que nous repassions en détail toutes vos entrevues avec ce type. Peut-être trouverons-nous un indice…

Elle se mordilla l'ongle du pouce, l'air pensif.

— Il m'est revenu quelque chose en mémoire, répondit-elle doucement. Dernièrement, je me trouvais dans une boîte de nuit avec des amis et j'ai vu cet homme… Il était en grande conversation avec une taxi-girl. Ils semblaient très bien se connaître…

— Quelle boîte de nuit ?

— Benibasha.

— Connais pas.

— C'était autrefois le Latin Quarter.

Hubert en avait entendu parler, mais c'était sans importance.

— Reconnaîtriez-vous la fille ?

— Sûrement.

Il consulta sa montre. Elle prévint la question.

— Ça ferme à une heure.

— Tant pis. Nous irons demain soir.

Ils se regardèrent. Une chaleur déjà bien connue monta en lui.

— Vous êtes très belle, murmura-t-il. Vous avez les plus beaux yeux du monde…

Elle sourit.

— Désirez-vous quelque chose avant de dormir ?

— Vous.

Elle se figea, puis leva un doigt et tendit l'oreille vers le couloir. Il avait entendu, lui aussi. Quelqu'un venait d'introduire une clé dans la serrure de la porte d'entrée et tentait d'ouvrir…

— Vous attendiez une visite ? chuchota-t-il.

— Non.

Elle était livide.

Hubert écouta encore quelques instants, retenant sa respiration. L'inconnu s'obstinait, sans paraître se préoccuper du bruit. Hubert se déplaça vers le couloir. Ses semelles de crêpe souple étaient parfaitement silencieuses. Il arriva près de la porte. C'était un essai de crochetage en règle, ou alors il n'y connaissait rien...

Il pensa qu'il était inutile de laisser à cet apprenti le temps d'esquinter la serrure. Avec beaucoup de douceur, il tira les verrous. L'autre s'énervait sur le palier et Hubert l'entendait grogner. Il devait être persuadé que l'appartement était vide.

Hubert ouvrit brusquement la porte. Entraîné par la clé qu'il serrait entre ses doigts, l'homme heurta le chambranle de l'épaule et faillit tomber.

— Pourquoi vous donner tant de mal ? questionna gentiment Hubert. Vous auriez dû sonner.

Il aperçut la femme, une Japonaise également, adossée au mur à quelques pas de là, l'air hébété. L'homme leva les mains à hauteur de sa tête, paraissant terrorisé, et se mit à parler avec volubilité. Hubert, qui n'y comprenait rien, le menaça :

— Ne bougez surtout pas. Si vous bougez, je vous casse les reins.

Puis il appela.

— Eva ! On demande une interprète.

La jeune femme arriva, regarda l'intrus et s'exclama :

— Monsieur Yamanaka ! Que se passe-t-il ?

Le Japonais, de petite taille et portant des lunettes, semblait maintenant ahuri, mais rassuré. Il baissa les mains et se remit à parler très vite en ponctuant ses phrases de profondes courbettes.

— Qui est-ce ? demanda Hubert qui commençait à s'énerver.

— Le voisin d'au-dessus.

— Qu'est-ce qu'il raconte ?

— Ils se sont trompés d'étage. Il croyait rentrer chez lui et il vous a pris pour un cambrioleur quand vous avez ouvert.

Hubert pouffa.

— Ils ont bu, non ?

— Ils sont complètement ivres, confirma la jeune femme.

— Dites-leur tout de même que je suis votre mari, sinon votre réputation est fichue.

Elle fit les présentations. M. Kimiko Yamanaka se remit à plonger, au risque de se flanquer par terre. Mais la présence de Mel Davidson, arrivant tout droit de San Francisco, ne fut pas suffisante pour tirer Mme Yamanaka de son hébétude.

— Disons-leur bonsoir, trancha Hubert, et qu'ils aillent se coucher.

La prise de congé demanda encore un certain temps. Le Japonais reculait lentement en se courbant à chaque pas, comme un automate bien réglé. Saisi par la contagion, Hubert se mit à en faire autant, au même rythme qu'Eva. Finalement, il prit l'initiative de refermer la porte, quitte à passer pour un malotru. Il n'avait aucune envie de continuer ce genre d'exercice jusqu'à épuisement…

Ils écoutèrent un instant le couple monter péniblement l'escalier, puis retournèrent en riant dans la salle de séjour.

— Ouf ! soupira la jeune femme. Ils pourront se vanter de m'avoir fait peur.

— Je croyais que les Japonais ne sortaient jamais avec leur épouse ? s'étonna Hubert.

— Ceux-là ont vécu longtemps en Europe et ils essaient de vivre à l'occidentale. Que diriez-vous d'un whisky léger ? Cette histoire m'a donné soif.

— Volontiers.

Elle fit le service. Ils s'installèrent dans des fauteuils, l'un près de l'autre.

— Racontez-moi ce qui s'est passé ce soir… la filature, demanda-t-elle d'un ton câlin.

Elle le regarda. Ses grands yeux devinrent tendres et il se sentit fondre. Après tout, pourquoi lui cacher quelque chose ? Il n'y avait rien eu de particulièrement sensationnel…

Elle l'écouta sans l'interrompre, buvant de temps à autre une gorgée de whisky. Il termina :

— J'ai pris un taxi qui m'a déposé à la gare d'Asakusa, où j'ai retrouvé ma voiture. Personne ne m'a suivi…

— C'est incroyable, dit-elle. Absolument incroyable. Pourquoi vous ont-ils laissé repartir comme ça ?

— Ils voulaient savoir qui j'étais et l'examen de mes papiers les a convaincus que j'étais bien Mel Davidson.

— Ils ont peut-être pensé que vous m'aviez suivie pour me protéger…

— C'est le rôle du mari, de protéger sa femme.

Elle sourit et lui lança un regard amusé.

— Tout de même, reprit-elle, ils ont trouvé l'appareil radio dans votre poche… Ils ont dû se dire que nous étions un ménage vraiment bien équipé.

Un pli soucieux apparut sur le front d'Hubert.

— Vouais ! C'est ce qui cloche dans l'histoire. À moins qu'ils ne soient d'une naïveté peu commune…

Elle frissonna, posa son verre sur le tapis, à côté de ses pieds.

– Celui que je connais n'a rien de naïf, je puis vous l'assurer.

– C'est bien ce qui m'inquiète. Et cette facilité avec laquelle il vous a accordé un délai…

– Il aura voulu se donner le temps de vérifier et de réfléchir. Il va sans doute se manifester de nouveau dans les jours à venir…

– Vous êtes en congé et nous ne nous quitterons pas. Vous me ferez visiter Tokyo et les environs. S'il veut vous joindre, il devra prendre des risques. De toute façon, je n'ai pas l'intention de l'attendre. Nous irons au Benibasha…

Elle posa sur lui son magnifique regard où se lisait de l'admiration.

– Vous êtes un homme extraordinaire, Mel. Beau comme un pirate et terriblement courageux. Rien ne vous arrête jamais, n'est-ce pas ?

– N'en jetez plus, chérie, vous allez me faire rougir.

Il lui prit la main et la souleva en la retournant pour déposer un baiser dans le creux de la paume. Elle le laissa faire, puis fut secouée d'un frisson et se dégagea d'un geste brusque.

– Il ne faut pas, dit-elle d'un ton assourdi. Je vous en prie…

Elle s'ébroua, respira avec force, et reprit d'un ton faussement désinvolte.

– Vous ne retournerez pas dans cette maison, où…

La gorge serrée, il fut obligé de toussoter plusieurs fois avant de pouvoir répondre.

– Y retourner seul serait stupide. Ils me connaissent… Je vais demander à Babcock de s'en occuper.

Elle secoua ses pieds pour se débarrasser de ses chaussons et ramena ses jambes sous elle en se tournant de trois-quarts vers lui.

— Pourquoi Babcock ne vous a-t-il donné personne pour vous aider, ce soir ? Je trouve ça bizarre.

Il était sous le charme. Mais ses réflexes de prudence étaient trop solidement ancrés en lui pour qu'il pût dépasser inconsciemment certaines limites.

— Il a ses raisons, que je n'ai pas le droit de vous expliquer.

Elle parut froissée et se détourna de lui.

— Vous n'avez pas confiance en moi.

Il se leva et posa son verre vide sur la table.

— Ce n'est pas une question de confiance, mais une question de principe. Dans mon métier, il y a des choses qu'on ne peut dire à personne... Vous devez le comprendre.

— Je vous dis bien tout, moi.

— Je l'espère. Mais ce n'est pas la même chose.

Elle allait ajouter autre chose lorsque la sonnerie du téléphone se déclencha. Il alla décrocher.

— Allô, j'écoute...

Elle le rejoignit, pieds nus, et prit le second écouteur.

— Allô ? répéta Hubert.

Pas de réponse. Ils n'entendaient qu'une respiration lente, un peu sifflante. Hubert regarda Eva. Elle était affreusement pâle et tremblait...

5

L'adresse du Benibasha était ainsi indiquée dans *This Week in Tokyo* : 3 Chome, Akasaka Tamachi, Minatoku. C'était peut-être très clair pour un Japonais, mais Eva Davidson, qui connaissait l'endroit, avait traduit pour Hubert : 10e Rue, pas très loin de l'ambassade des États-Unis. De toute façon, ils avaient décidé de prendre chacun leur voiture et il n'avait eu qu'à la suivre.

Hubert n'ignorait pas que, depuis les premiers temps de l'occupation américaine, les nightclubs japonais se divisaient en deux catégories bien distinctes : d'une part les boîtes spécialement créées pour les militaires américains, véritables machines à pomper les dollars et où les Japonais ne mettaient jamais les pieds, d'autre part les établissements de classe, comme le Benibasha, où la vieille politesse et le désintéressement nippons se trouvaient sauvegardés, dont la clientèle était composée pour quatre-vingt-dix pour cent par des Japonais, le reste étant fourni par des Européens auxquels se mêlaient parfois quelques Américains de la bonne société.

Ils entrèrent ensemble et déposèrent leurs manteaux au vestiaire. Le bar, plein de monde, était à gauche, curieusement délimité par des barreaux de bambou noir qui lui donnaient l'aspect d'une grande cage. La salle était immense, avec une grande piste de danse et une scène, tout au fond, sur laquelle était installé l'orchestre.

— C'est toujours aussi plein ? questionna Hubert.

— Toujours.

Un maître d'hôtel vint les chercher et les guida laborieusement vers une table libre. Serrés de toutes parts, ils réussirent à s'asseoir et commandèrent deux scotchs. Détail commun à tous les cabarets d'Extrême-Orient, il faisait très sombre, la scène et le bar étant seuls éclairés. L'orchestre jouait un slow, que chantait d'une voix nasillarde, mais nullement déplaisante, une ravissante Japonaise vêtue d'un fourreau écarlate d'inspiration chinoise.

— Dès que vous voyez la fille, vous me faites signe, murmura Hubert.

— Si vous croyez que l'on peut voir quelque chose dans cette pénombre, riposta-t-elle.

Il consulta sa montre. Minuit dix. Cinquante minutes seulement avant la fermeture. C'était suffisant si Eva pouvait apercevoir la taxi-girl en temps utile. Il n'avait pas voulu venir plus tôt, sachant que la fille serait de toute façon obligée de rester jusqu'à la fin.

Ils reçurent leurs whiskies. Eva choqua son verre contre celui d'Hubert et le regarda profondément.

— À vos amours, dit-elle.

Il sourit et lui prit la main.

— Alors, à vous.

— Soyez sérieux, Mel.

Elle lui donnait maintenant ce nom sans réticence.

— Je suis sérieux. Très sérieux.

Sans cesser de le regarder tendrement, sans retirer sa main, elle affirma :

— J'aime mon mari.

Il prit un air peiné.

— Mais, je suis votre mari, Eva. Comment avez-vous pu l'oublier ? Voulez-vous voir mon passeport ?

Elle n'avait pas envie de rire. Elle secoua la tête, l'air désemparé.

— C'est un jeu stupide, Mel. Complètement stupide.

— Ce n'est pas un jeu, chérie. C'est un drame.

Il lui baisa le creux de la main.

— Allons danser.

Il avait presque oublié pourquoi ils étaient là. Ils se levèrent et se frayèrent un chemin vers la piste. Il la prit dans ses bras. L'orchestre jouait un tango très lent et il y avait tant de monde que les couples bougeaient à peine. Elle se serra contre lui. Leurs joues se touchèrent.

— Parlez-moi de vous, demanda-t-elle.

Il lui raconta qu'il était né en Louisiane, sur la rive nord du lac Ponchartrain, dans une grande propriété qui appartenait à sa famille depuis la fin du XVIIIe siècle, que ses ancêtres étaient d'origine française, qu'il avait connu une jeunesse orageuse, n'étant pas né pour vivre dans une société aussi policée, et qu'il n'avait trouvé son équilibre que dans la guerre, la vraie d'abord, celle des services secrets ensuite…

« Seigneur ! pensa-t-il soudain. Voilà que je suis en train de raconter ma vie. »

Il se tut, déconcerté. Quel étrange pouvoir avait donc cette femme de forcer ses défenses habituelles… Il eut peur, soudain, de cet amollissement qu'elle lui apportait. Il connaissait le danger. S'il avait pu survivre jusqu'à maintenant, c'était qu'il avait toujours été capable de se montrer le plus dur, le plus impitoyable, le plus inaccessible, le plus efficace. La chance l'avait aussi beaucoup aidé, il le reconnaissait. Mais la chance n'était pas tout. La chance ne pouvait longtemps tirer d'affaire les faibles, les incapables ou les trouillards...

Elle renversa la tête pour le regarder, surprise par son silence et sûrement consciente de son raidissement.

— Que se passe-t-il ? Vous êtes devenu muet ?

Ce qui l'inquiétait le plus, c'était qu'il ne la désirait pas. Il avait seulement envie de la tenir dans ses bras, comme maintenant, et de la protéger. Et ça, il se connaissait assez bien pour savoir que c'était grave...

Il réussit à sourire.

— Je bavardais, et nous allions oublier l'essentiel.

Elle resta perplexe un instant. Sans doute se demandait-elle ce qui avait bien pu motiver un changement d'attitude aussi brusque. Puis elle se détendit et décréta d'un ton enjoué :

— Vous avez raison. Au travail.

Elle aperçut celle qu'ils cherchaient deux minutes plus tard et manœuvra pour s'en rapprocher. Quand ils furent tout près, elle murmura « *cheek to cheek* » :

— Juste à votre droite, cette grande fille en robe bleue...

Il regarda.

— Qui danse avec ce Japonais à demi chauve ?

— Oui.

— Vu.

Hubert prit la direction des opérations. Ce qu'il allait faire n'était peut-être pas très élégant, mais en matière d'espionnage tous les coups sont permis... Durement frappé à la cheville, le Japonais se mit à hurler. Les gens, autour, s'arrêtèrent de danser. Hubert se confondait déjà en excuses. Il était un misérable maladroit, indigne de sortir en société...

Mais sa victime ne l'écoutait pas. Il la vit partir à cloche-pied à travers la foule des danseurs qui s'écartaient pour le laisser passer. La taxi-girl, une grande fille assez jolie et très bien faite, lui emboîta le pas. Hubert entraîna Eva à la suite. Lorsqu'ils eurent atteint les limites de la piste, il saisit la Japonaise par le bras et dit :

– Parlez-vous américain ?

– Oui, un peu.

Hubert renouvela ses excuses. Son partenaire ne pouvant plus danser, n'allait-elle pas subir un préjudice ? Il se présenta :

– Mon nom est Mel Davidson. Et voici Eva... ma sœur. Voulez-vous venir à notre table ?

Elle accepta sans difficulté. Ils trouvèrent une chaise et l'installèrent. Hubert donna un coup de coude dans le flanc d'Eva.

– Maman va s'inquiéter. Tu devrais rentrer.

Elle grimaça un sourire, prit son sac et se leva.

– Eh bien, bonne nuit.

Il se leva aussi, l'embrassa sur la joue, se rassit.

– Bonne nuit, Eva. À demain...

Elle s'éloigna, reprit son vestiaire et sortit. Un Américain ivre, que les portiers du cabaret empêchaient d'entrer, essaya de l'accrocher. Elle se dégagea, sans un geste, sans un mot superflu. La rue était mal éclairée. Les trottoirs déserts. Elle marcha rapidement jusqu'à sa voiture, une Chevrolet jaune serin, au toit noir, rangée à cent mètres de là. Elle tenait dans sa main crispée une boîte d'allumettes rouge prise sur la table du Benibasha.

Elle avait ouvert la porte de sa voiture lorsque trois hommes l'entourèrent. Des Japonais.

— Soyez raisonnable, dit l'un d'eux, et tout se passera bien.

Elle vit le canon de l'arme braqué sur elle. Un homme la prit par le bras et la fit monter derrière.

— Les clés, s'il vous plaît.

Comme elle n'obéissait pas assez vite, il lui arracha son sac. Les deux autres s'installaient devant. Elle ferma les yeux et sa tête se renversa sur le dossier à l'instant que la voiture démarrait.

Hubert choqua son verre contre celui de sa compagne.

— Comment vous appelez-vous ?

— Mon nom est Tetsuko.

— C'est votre prénom ?

— Oui. Le nom de ma famille est Takada.

— Tetsuko Takada. C'est très joli…

Elle sourit. Elle était très sympathique et son visage était d'une finesse peu commune pour une Japonaise. Elle semblait aussi naturellement gaie. Son anglais était incertain et son vocabulaire sûrement limité, mais elle en savait assez pour soutenir une conversation d'ordre général.

— Il me semble vous avoir déjà vue ailleurs ? lança Hubert en la regardant avec perplexité.

Elle rit franchement.

— Je ne vais jamais ailleurs.

— Vous travaillez ici tous les soirs ?

— Oui. Je suis employée ici.

— Alors, c'est ici que je vous ai vue.

— Vous êtes déjà venu ?

— Une fois, affirma-t-il.

— Pourquoi votre sœur n'est-elle pas restée ?

Il lui prit la main.

— Parce que je voulais rester seul avec vous, Tetsuko.

Elle parut flattée. Elle était d'une race dont les femmes considèrent l'homme comme une sorte de Dieu. Il n'est pas de mâle plus heureux que le Japonais.

L'orchestre, s'étant excité un moment sur un rock 'n' roll échevelé, était revenu à des rythmes plus sages.

— Nous dansons ? proposa Hubert.

Elle était là pour ça. Payée à l'heure pour danser avec les clients. Ils gagnèrent la piste. Elle se serra contre lui et il sentit des doigts fuselés prendre possession de sa nuque. Le joue-à-joue suivit bientôt. Il ne put s'empêcher de sourire. Il avait assez pratiqué la « taxi-girl » dans tout l'Extrême-Orient, de Singapour à Hong Kong, en passant par Manille, pour savoir qu'il n'y avait pas de quoi s'énerver...

Il lui fit la cour, ce qui parut l'amuser beaucoup. Elle était habituée, venant des Américains, aux claques sur les fesses et aux propositions directes. Hubert le savait. Il savait aussi que le meilleur moyen de se concilier les bonnes grâces et la reconnaissance d'une taxi-girl, chinoise ou japonaise, est de la traiter comme une Dame.

Ils dansèrent jusqu'à la fin. Hubert ne pensait presque plus à Eva. Il la croyait chez elle, en train de se coucher. Et ce contact prolongé avec Tetsuko, sur la piste de danse, ne l'avait pas laissé insensible.

Ils retournèrent à leur table. Hubert appela le maître d'hôtel et paya ce qu'il devait. Puis il saisit la main de la jolie Japonaise et dit :

— Nous ne pouvons pas nous quitter comme ça, Tetsuko.

Elle leva ses sourcils noirs et drus.

— Pourquoi ?

— Parce que cela me ferait de la peine. Emmenez-moi chez vous.

Elle sourit et secoua négativement la tête.

— Ce n'est pas possible.

— Pourquoi ?

Elle articula avec difficulté :

— Parce que nous ne nous connaissons pas depuis assez longtemps.

Il aurait pu lui proposer de l'argent. Elle devait, comme toutes ses semblables, se livrer à la prostitution ; ce qui, du point de vue japonais, n'a rien de particulièrement immoral. Mais ce n'était pas ce qu'il voulait.

— Bon, admit-il, je vous emmène prendre un verre quelque part. Il doit bien exister quelques endroits encore ouverts ?

— Pourquoi ?

— Vous dites que nous ne nous connaissons pas encore assez. Dans une heure ou deux, nous nous connaîtrons déjà beaucoup mieux...

Elle repartit à rire.

— Vous êtes drôle ! Dans deux ou trois jours, peut-être...

Il prit un air consterné.

— Ce sera trop tard. Je quitte le Japon demain.

Elle redevint sérieuse et lui caressa la main.

— Déjà ?

— Alors ? Vous m'emmenez ?

Elle dit avec une franchise désarmante :

— Ça ne m'intéresse pas de faire ça avec un Américain.

Il sortit son sourire numéro un.

— Mais je suis d'origine française, Tetsuko. Mon passeport seulement est américain.

Elle s'épanouit.

— Français ? Oh ! La France est un pays très romantique, n'est-ce pas ?

Hubert ne voulut pas la détromper. Puisque le Français était si populaire au Japon, pas d'hésitation. Pour une fois que ses ancêtres pouvaient lui servir à quelque chose... Mais le maître d'hôtel vint les interrompre. Ils restaient seuls assis. Tout le monde s'en allait. Il fallait partir. Ils se levèrent. Hubert pensa qu'il était temps de porter son attaque finale :

— Je sais maintenant dans quelles circonstances je vous ai déjà vue. C'était ici, en effet. Vous étiez avec un de vos compatriotes que je connais bien... Comment s'appelle-t-il, voyons ?... C'est idiot ! Mais vous aviez l'air de bien le connaître. Un grand, portant lunettes, remarquablement bien habillé... Très élégant. Vous voyez qui ?

Elle s'était immobilisée et fixait un point en direction du bar dont les lumières venaient de s'éteindre. Il guettait ses réactions avec beaucoup d'attention, mais il en fut pour ses frais.

— Vous savez, répondit-elle enfin, je ne connais pas tous mes clients par leur nom.

Il voulut insister, mais elle l'interrompit.

— Il faut que j'aille m'habiller, sinon le vestiaire sera fermé.

— Je vous attends à la porte.

Elle sourit, comme elle aurait souri aux caprices d'un enfant têtu.

— Si vous voulez.

Elle s'éloigna rapidement vers le fond de la salle et disparut par une porte réservée au personnel. Il se dirigea vers la sortie, récupéra son imperméable. Dehors, les enseignes au néon venaient de s'éteindre. Hubert aperçut dans l'obscurité un certain nombre d'hommes qui attendaient. Autant de taxi-girls qui n'iraient pas dormir seules…

Une longue file de taxis stationnait en deuxième position. Les filles commencèrent à sortir, par petits groupes. Des couples se formaient aussitôt, que les taxis emportaient dans la nuit.

Hubert était mécontent. Il n'avait pas eu le temps d'insister sur le Nippon bien nippé et se demandait si Tetsuko avait bien compris. La seule possibilité qu'il avait de retrouver le contact avec le mystérieux Japonais était de le provoquer, comme le torero provoque le *toro* en agitant sa muleta.

Il était le dernier. Un chauffeur de taxi lui demanda s'il avait besoin de ses services. Il répondit non et les voitures qui n'avaient pas trouvé de clients s'éloignèrent en trombe.

Que faisait-elle ? Partie s'habiller la dernière, il était sans doute normal qu'elle revînt la dernière. Mais le temps passait. Il y avait une autre raison. Avait-elle emprunté une autre sortie pour lui échapper ? Il n'y croyait pas. Il préférait l'imaginer téléphonant au Nippon bien nippé pour le mettre au courant et demander des instructions…

La lourde porte capitonnée battit enfin. Une silhouette apparut. Mais une autre silhouette sortit de l'ombre, sous le porche couvert en forme de triangle. Hubert, qui avait fait un pas, s'immobilisa. Il entendait une voix d'homme et une voix de femme, qui discutaient avec animation. Il lui sembla que la femme était Tetsuko.

C'était bien elle. Un dernier éclat de voix et elle fut près de lui.

– Vous avez un taxi ?

– J'ai ma voiture.

Ils marchèrent jusqu'à la Buick. Tetsuko se retournait fréquemment. Il se tenait sur ses gardes, mais ne posait pas de questions. Pas encore. Il la fit monter, prit le volant et démarra.

– Où allons ?

– Tout droit. Je vous guiderai.

Elle était nerveuse et continuait de se retourner toutes les vingt secondes pour regarder par la vitre arrière.

– Que se passe-t-il ? demanda paisiblement Hubert.

– On nous suit ! lança-t-elle. Accélérez !

Hubert jeta un coup d'œil au rétroviseur qui se trouvait en position de nuit et le remit en position de jour pour mieux voir. Une voiture roulait derrière eux, à une centaine de mètres environ ; mais cela ne prouvait rien. Ils n'avaient pas l'exclusivité de la circulation nocturne sur la 10e Rue.

Il appuya sur l'accélérateur. La Buick bondit en avant, prit rapidement de la vitesse. L'autre perdait du terrain, mais peut-être manquait-elle de puissance. Il releva le pied lorsqu'il eut atteint le 90 à l'heure et conserva cette allure. Les phares, derrière, se rapprochèrent. Premier indice positif.

– Accélérez ! suppliait la jolie Japonaise en martelant le creux de sa main gauche avec son poing droit. Je vous en prie ! Il va nous rattraper.

– Qui, « il » ?

Elle ne répondit pas. La voiture suiveuse se rapprochait de plus en plus. Hubert savait déjà, d'après la disposition des phares, que ce n'était pas une américaine, et penchait pour une Toyopet, probablement un taxi. Le miroir ne refléta plus rien, la petite auto se déboîtait pour doubler. De l'intérieur de la Buick, ils entendaient le ronflement suraigu du moteur poussé à fond.

Hubert enfonça de nouveau l'accélérateur. Les pompes de reprise du carburateur à quatre corps entrèrent en action. Ils furent collés au siège. L'indicateur de vitesse grimpa tout de suite à 120 et Hubert retrouva les phares dans le rétroviseur.

Il aurait pu échapper définitivement en utilisant à fond pendant quelques secondes les trois cents chevaux de la Buick. Il était une heure vingt du matin, la rue était large, droite et déserte. Mais il ne tenait pas du tout à se sauver si vite.

Il freina brutalement. Tetsuko, à demi tournée sur le siège pour regarder par la vitre arrière, fut projetée sur le tableau de bord. Mais le lourd véhicule virait déjà à gauche, la renvoyant contre la portière droite, ce qui eut pour résultat d'amortir le choc. Elle cria tout de même. Hubert, redressant la voiture dans une petite rue, la prévint à retardement :

— Tenez-vous !

Elle se cramponna. Un coup d'œil au rétro : la Toyopet – c'en était bien une – virait à son tour sur les chapeaux de roues. Maintenant, plus de doute possible. Tout le monde savait à quoi s'en tenir.

Hubert avait cru tout d'abord que Tetsuko lui jouait la comédie de la peur, mais il se rendait compte soudain qu'elle était réellement effrayée et se demandait pourquoi.

Ils étaient dans un quartier de petites maisons en bois entourées de jardins. On sortait à peine de l'hiver, les jardins étaient nus et les arbres aussi. Hubert n'arrêtait plus de changer de direction. À droite, à gauche, à droite et ainsi de suite. Les rues n'étaient pas toutes goudronnées et beaucoup étaient à moitié défoncées. La Toyopet, plus petite et plus maniable que la Buick, regagnait du terrain.

Hubert en eut soudain assez. La Buick n'était pas faite pour ce genre de sport et lui n'aimait pas jouer le rôle du gibier. Il allait mettre un terme volontaire à cette course folle lorsqu'une rue barrée par des travaux décida pour lui. Il dut freiner à mort, mais le sol était gras et la grosse voiture continua comme un traîneau sur ses roues bloquées. Un panneau de travaux publics vola en éclats et l'avant de la Buick s'enfonça dans un énorme tas de terre meuble.

Tetsuko retourna au pare-brise. Hubert s'en tira sans mal. Il coupa le contact et descendit afin de pouvoir accueillir l'adversaire dans les meilleures conditions possible.

La Toyopet s'était immobilisée à l'entrée de la rue, phares en codes, moteur tournant. Un chien se mit à aboyer dans un jardin voisin. Une lumière s'alluma dans une maison. Solidement planté sur ses jambes écartées, Hubert attendait l'assaut...

Près d'une minute s'écoula ainsi. Dans la Buick, Tetsuko se terrait. Personne ne descendait de la Toyopet. Hubert fit un pas en avant et ce pas déclencha quelque chose de tout à fait inattendu : la petite voiture japonaise recula, manœuvra et repartit à toute allure par où ils étaient arrivés. Pendant une dizaine de secondes, Hubert put suivre des yeux la lueur des phares entre les maisons. Puis ce fut fini. Le chien cessa d'aboyer. La lumière s'éteignit dans la maison.

Étonné, Hubert respirait lentement l'air frais et humide de la nuit. Un avion ronronna très loin au-dessus de la mer. Tetsuko se pencha en prenant appui sur le volant.

— Il est parti ?

Hubert se retourna.

— Oui.

Il gagna l'avant de la Buick pour examiner les dégâts. Le pare-chocs avait complètement disparu dans la glaise qui bouchait la calandre jusqu'au-dessous des phares. Il vit, de l'autre côté, des sacs de toile qui protégeaient un compresseur d'air pour marteau-piqueur, alla les chercher et les déploya sous les roues arrière pour empêcher celles-ci de patiner.

Il prit le volant, relança le moteur, mit le levier des vitesses automatiques sur la position de marche arrière et accéléra doucement. La Buick recula.

— Je suis complètement perdu, annonça-t-il.

Elle le guida, sans beaucoup d'assurance. Il leur fallut près de cinq minutes pour retrouver la 10e Rue.

— Où allons-nous ? questionna Hubert.

— Vous le verrez bien.

Il suivit ses indications. Elle frottait les endroits de son corps où elle s'était cognée, en s'efforçant de se montrer enjouée. Il dit soudain, d'un ton sans réplique :

— Maintenant, vous allez me dire qui était cet imbécile qui s'est amusé à nous suivre.

Elle se recroquevilla dans son coin et répondit :

— C'est un garçon qui se croit mon fiancé. Il ne voulait pas que je parte avec vous…

Surprenant, mais pas invraisemblable.

— C'est avec lui que vous parliez à la porte du Benibasha ?

— Oui. Il voulait savoir combien vous me donniez pour… et me donner le double.

— Combien lui avez-vous dit ?

— Dix mille yens[1].

— Bigre ! La voiture est à lui ?

— Non. Un taxi…

1. Environ 12 000 francs (1958).

Le chauffeur avait dû prendre l'initiative de la retraite pour éviter un incident. En admettant que cette histoire de pseudo-fiancé fut vraie…

Ils roulèrent près d'un quart d'heure, puis elle lui fit engager la voiture dans une ruelle de terre battue qui se terminait dans une cour flanquée de deux maisons, dont une était bâtie en « dur » et avait un étage. Ils descendirent. Hubert comprit qu'ils étaient dans un de ces hôtels réservés aux couples d'occasion. Il n'avait pas prévu cela. Ils entrèrent dans le bâtiment moderne. Une femme de chambre en kimono les accueillit avec le cérémonial habituel. Comme il ne s'agissait pas d'une maison traditionnelle, il ne fut pas obligé de retirer ses chaussures, mais la femme de chambre leur offrit à chacun une brosse à dents sous cellophane. Ils furent logés à l'étage. Mobilier moderne, très correct. Savates et *yukata* – peignoir de coton léger – fournis par la direction. Tetsuko, qui avait faim, commanda un potage. De plus en plus intrigué, Hubert pensait que c'était trop beau pour être vrai, qu'il n'avait pu séduire par son seul charme, en moins d'une heure, cette jolie fille rieuse aux gestes tendres. Quelque chose allait sûrement arriver.

– La salle de bains est en bas, indiqua-t-elle. Sous l'escalier. Descendez. Je vous rejoindrai dès que j'aurai fini ma soupe.

Il se déshabilla, enfila le *yukata* et les savates, embrassa la fille sur le front et quitta la chambre en sifflotant joyeusement. Il savait quelle place de choix tient le bain dans la vie nippone, et qu'un Japonais ne se baigne jamais sans l'assistance experte d'une miss « Toruko ».

Jusqu'en bas de l'escalier, il fut un seigneur possédant une esclave. Là, tout s'effondra. Trois hommes, trois Japonais, l'attendaient. Tous trois vêtus de sombre et tous trois armés. Hubert se sentit soudain très ridicule dans son *yukata* trop étroit.

– Hello ! lança-t-il avec une désinvolture affectée.

– Si vous êtes raisonnable, dit le plus grand, tout se passera bien. Par ici la sortie, nous nous occuperons de vos affaires.

« Et voilà, pensa Hubert en traînant ses savates vers la porte. La fin d'un beau rêve… » Il les suivit sans résister.

6

La pièce était relativement petite. Pas plus de quatre nattes[1]. Presque vide, si l'on exceptait une table basse poussée dans un coin et un vase de fleurs dans le *tokonama*[2]. Suspendue au plafond, une jolie lanterne de papier, contenant une ampoule de moyenne puissance, assurait l'éclairage.

Hubert avait froid. Il regarda l'invraisemblable colosse qui lui servait de gardien et dit en grelottant :

— Vous devriez me donner une couverture, mon vieux. On gèle, ici.

L'énorme géant – il devait dépasser les deux mètres et les deux cents kilos – répondit en mauvais anglais :

— Nous attendons le grand patron. Il ne va plus tarder.

---

1. La natte, ou tatami, est la mesure de base pour les maisons japonaises. La surface des pièces varie entre quatre et dix nattes dont la taille moyenne est d'environ 1,85 sur 0,95 mètre. Le tsubo, unité de mesure des terrains, vaut deux nattes.
2. Sorte d'alcôve légèrement surélevée, peu profonde, mais assez large, dans laquelle on place une peinture ou un arrangement de fleurs ; seule décoration de la pièce japonaise toujours remarquablement sobre.

— Qui est le grand patron ?

Pas de réponse. Hubert avait l'impression qu'ils étaient seuls dans la maison, cette montagne de viande et lui. C'était peut-être le moment d'en profiter, avant que n'arrivât le mystérieux « grand patron ». Il demanda, en claquant un peu des dents :

— Vous êtes sumotori ?

L'homme approuva d'un lent hochement de tête. Hubert prit un air admiratif. Il n'avait jamais eu l'occasion de voir d'aussi près l'un de ces prestigieux lutteurs, dont beaucoup de Japonais croient qu'ils sont d'une race spéciale, alors que les médecins assurent plus simplement qu'une insuffisance glandulaire est seule responsable de leur gigantisme et de leur obésité.

Hubert resserra frileusement son *yukata* autour de lui et se mit à poser des questions. Il voulait endormir la méfiance de ce monstre et toucher sa vanité jusqu'à le rendre capable de commettre des imprudences. Ce ne devait pas être là une tâche impossible…

Il apprit beaucoup de choses en peu de temps sur le sumo. Considéré à l'origine comme une lutte rituelle, inséparable des cérémonies de certains temples, il était devenu peu à peu une sorte de jeu du cirque. Le lutteur parlait maintenant technique : poussée, torsion, jet par-dessus le corps, trois mouvements fondamentaux qui se décomposaient chacun en douze prises différentes.

— Il y a quarante-huit règles essentielles, reprit le sumotori après avoir soufflé un peu.

Effrayé, Hubert l'interrompit.

— Cela m'intéresse beaucoup. J'ai moi-même pratiqué le jiu-jitsu et le judo.

Le sumotori eut un geste de la main, accompagné d'une moue, pour exprimer le mépris dans lequel il tenait ces disciplines.

— Quelle ceinture ? demanda-t-il cependant.

Hubert était ceinture noire, mais il n'entrait pas dans son dessein de paraître trop habile, ni trop peu.

— Marron.

Un silence. Hubert risqua :

— Je me suis toujours demandé si un bon judoka était capable de se sortir d'une prise classique portée par un sumotori. Par exemple lorsque vous saisissez votre adversaire à bras-le-corps et que vous le soulevez pour le projeter en dehors du cercle... J'ai vu ça à la télévision... Je crois que je pourrais m'en tirer.

Un gros rire secoua la montagne de chair. Hubert prit un air vexé, regarda un moment l'énorme Japonais se taper sur les cuisses, puis proposa d'un ton aigre :

— Essayons ? Je parie que vous n'osez pas. C'est facile de rire !

Nouveau silence. Hubert retenait sa respiration. Il n'avait plus froid. La brute allait-elle donner dans le panneau ?

Le sumotori se mit debout avec une lenteur voulue. Spectacle impressionnant ! Hubert crut un instant que la tête chauve, ornée d'un ridicule toupet, allait crever le plafond.

— Je veux bien essayer, gronda le géant, car vous me semblez bien prétentieux. Jamais un judoka n'a pu venir à bout d'un sumotori. Apprenez-le... Ce qui m'embête, c'est que le grand patron ne veut pas qu'on vous abîme. Alors, quand vous sentirez vos os craquer, frappez deux fois pour que je lâche. N'attendez pas trop...

D'un mouvement de tête, Hubert montra ses pieds et ses poings liés.

— Ôtez-moi ça, le temps nécessaire.

Le lutteur eut une hésitation. Mais il était trop confiant dans sa force, et trop vaniteux, pour admettre que son prisonnier pût lui échapper. Il arriva en se dandinant, tomba sur les genoux et libéra Hubert.

— Un instant, demanda celui-ci, que je rétablisse la circulation.

Il se frictionna vigoureusement les chevilles et les avant-bras, puis se leva et fit quelques exercices d'assouplissement. Il se rappelait la recommandation cent fois répétée de son professeur de close-combat à l'école d'espionnage, au début de la guerre : « En face d'un adversaire plus puissant, toujours frapper le premier et choisir un coup sans pardon. Les notions de loyauté et de courtoisie n'ont rien à faire dans l'esprit d'un bon agent secret. »

Malheureusement, un certain nombre d'*hatemi* n'étaient pas praticables sur ce monstre. Son plexus, par exemple, protégé par vingt centimètres de graisse, était inaccessible. De même que son cou. Restait la face, mais ce phénomène plafonnait à trente centimètres plus haut que Hubert…

Gagner un peu de temps pour réfléchir… Hubert continua de s'échauffer les muscles sous le regard placide de son gigantesque adversaire.

Il s'immobilisa enfin, se campa solidement sur ses pieds nus et dit :

— Allez-y.

La montagne de chair s'ébranla avec lenteur, cette lenteur sur laquelle Hubert misait beaucoup. Les bras, gros comme des troncs d'arbre, s'ouvrirent en tenaille, prêts à se refermer sur leur proie.

Au dernier moment, Hubert porta son attaque, avec une telle rapidité que l'autre n'eut même pas le temps de réagir. Le tranchant de sa main, durci par quinze ans d'entraînement, atteignit avec une force terrible le visage de la brute au défaut de la mâchoire et rebondit, en KO technique. Le maxillaire inférieur déboîté, le sumotori se mit à hurler comme un damné. Il porta d'abord ses mains à son visage, puis essaya d'assommer Hubert d'une manchette qui aurait pu tuer un bœuf. Mais la douleur atroce qu'il éprouvait le privait des neuf dixièmes de ses moyens et Hubert avait pour lui l'avantage de la souplesse et de la rapidité. Il évita le coup, enchaîna sur un enroulement du bras qui expédia l'adversaire au tapis.

Plus de temps à perdre. Les hurlements du colosse pouvaient alerter le voisinage. Hubert lui sauta dessus et l'acheva d'un dernier *hatemi* au visage qui le mit en syncope.

C'était fini. Hubert se redressa, pas mécontent de lui. Il ne perdit même pas une seconde à imaginer le sort qui aurait été le sien s'il avait raté le premier coup. Une simple erreur de quelques millimètres...

Premier travail : visiter les lieux afin de se faire si possible une opinion sur la personnalité des gens qui l'avaient enlevé. Il fit glisser un *shôji* et se trouva dans une autre pièce, grande de huit nattes au moins, meublée de tables-bureaux et de classeurs. Sur une cloison, le portrait de l'Empereur était encadré de deux calendriers, l'un japonais, l'autre américain, l'un orné de peintures délicates, l'autre d'agressives pin-up.

Hubert avança, essaya d'ouvrir quelques tiroirs. Vainement. Tout était soigneusement fermé à clé. Il déplaça un nouveau *shôji* et passa de l'autre côté. Mêmes dimensions, mais un seul bureau, très joli, dont les panneaux de bois sculpté, rouge et or, rappelèrent à Hubert les soubassements de certains temples de Nikko.

Il fit un pas en avant, puis se figea, l'oreille tendue. Une auto arrivait, qui se rapprochait rapidement... Il pensa au « grand patron », dont son malheureux gardien lui avait annoncé l'arrivée imminente.

La voiture s'arrêta tout près de la maison. Des portières claquèrent...

Hubert hésitait. La plus élémentaire prudence lui commandait de s'éloigner pendant qu'il en était encore temps. Mais, d'un autre côté, sa curiosité le poussait à prendre des risques. Il voulait absolument connaître celui qui tirait les ficelles dans cette affaire...

Il balançait toujours, lorsque les événements décidèrent de nouveau pour lui. Une sorte de murmure, qui se transforma en gémissement, puis en plainte déchirante, puis en hurlement démoniaque... Le sumotori avait repris conscience. Hubert n'eut pas le loisir de réfléchir à la solide constitution que laissait supposer cette rapide résurrection. L'énorme brute arrivait comme un fou, avec la conviction évidente qu'une rapide et implacable vengeance calmerait cette douleur atroce qu'il ne pouvait surmonter. Les yeux exorbités, la mâchoire déjetée, il était effrayant, épouvantable...

Hubert comprit qu'il n'avait plus aucune chance que dans la fuite. Le gigantesque lutteur s'était laissé jouer une fois, mais ne donnerait sûrement pas dans un second piège. Il y avait des limites à tout.

Un lourd fauteuil, rapidement poussé par Hubert sur la trajectoire de la montagne de chair, lui donna le temps de grâce nécessaire. Deux cents kilos ne s'immobilisent pas facilement et le sumotori ne put éviter l'obstacle. Hubert ne perdit même pas une seconde à le regarder s'écrouler sur le siège, qui s'aplatit comme une galette. Il fonça tête baissée dans un *shôji*, passa sans dommage à travers le panneau de papier blanc et tomba dans un parterre de jacinthes. Il se releva, s'empêtrant dans son léger peignoir de coton, et piqua droit vers un bouquet d'arbres qui offrait à vingt mètres une obscurité tout à fait séduisante…

On criait dans la maison. Il n'est pas d'homme plus bruyant que le Japonais lorsqu'il sort de son impassibilité légendaire. Hubert avait compris la nécessité de mettre rapidement une certaine distance entre sa précieuse personne et ces lieux inhospitaliers. Il avait entendu une voiture. Le conducteur pouvait avoir laissé les clés sur le tableau. Dans une propriété privée, c'était normal…

Hubert obliqua vers la droite pour contourner largement la maison. La nuit était assez claire, ce qui avait ses avantages et ses inconvénients. Il aperçut les chromes d'une auto, puis ceux d'une autre, et ne put s'empêcher de jurer joyeusement en reconnaissant sa Buick.

Celui qui l'avait conduite avait laissé la manette en position garage, ce qui permettait de remettre le contact et de partir sans clé.

En trois secondes, Hubert fut au volant. Le moteur rugit à la première sollicitation. Le levier des vitesses en position de route, le frein desserré, la voiture bondit en avant.

Il alluma les codes. Un chemin large, ensablé, descendait en sinuant au cœur d'un ravissant jardin typiquement japonais. Il vit la barrière blanche, fermée, décida qu'il n'avait pas le temps de descendre pour l'ouvrir et mit simplement un peu plus de gaz. Le frêle rempart de bois vola en éclats. Hubert rentra instinctivement la tête dans les épaules, tourna le volant. Les pneus se plaignirent. La lourde voiture se redressa sur la route et Hubert enfonça l'accélérateur.

Il chercha aussitôt des points de repère afin de pouvoir retrouver l'endroit, car il avait bien l'intention de revenir, en tenue décente, cette fois…

Il n'avait pas la moindre idée du quartier où il se trouvait. Lorsqu'ils l'avaient emmené dans leur propre voiture, depuis l'hôtel où l'avait entraîné la délicieuse Tetsuko, les trois hommes lui avaient recouvert la tête d'une cagoule. Il l'avait acceptée, sachant parfaitement qu'il serait assommé s'il la refusait…

Il arriva bientôt sur une grande artère et un large panneau indicateur le tira d'embarras : « H. Q. UNITED NATIONS COMMAND » et « FAR EAST COMMAND », avec une jolie flèche montrant la direction à prendre.

Le domicile d'Eva Davidson n'était pas éloigné du Grand Quartier général et il connaissait la route entre les deux points.

Il y fut vingt minutes plus tard, laissa la Buick dans la rue et pénétra dans le grand immeuble en priant le ciel que personne ne le vît dans cet accoutrement, vêtu d'un peignoir de coton fleuri et trop étroit, et rien dessous, absolument rien…

Il avait tout perdu : sa montre, son portefeuille, son passeport, tout. Mais cela ne le tracassait nullement, un coup de téléphone à Babcock arrangerait ça très bien.

Il monta par l'escalier, l'ascenseur étant trop bruyant à son goût. Ses pieds étaient glacés et son désir le plus pressant était de prendre un bain très chaud, avant toute autre chose…

Il arriva devant la porte et ralluma la minuterie qui venait de s'éteindre. Surprise. Désagréable. La porte était entrouverte. Il s'immobilisa, perplexe. Il n'aimait pas trouver les portes ouvertes. Son expérience lui avait appris que des ennuis attendaient toujours de l'autre côté…

Il se gratta légèrement l'occiput, ce qui l'aidait parfois à réfléchir. Puis il entendit un murmure de voix qui se rapprochait et bondit sans bruit dans l'escalier pour gagner l'étage supérieur.

Ils parlaient bas et en japonais, deux raisons pour que Hubert n'y comprît rien. Il risqua prudemment un œil au coin de la rampe et... aperçut les trois lascars qui l'avaient inopportunément cueilli alors qu'il se préparait à goûter les délices d'un bain japonais...

Ces gens-là commençaient à devenir agaçants. Hubert brûlait d'envie de le leur faire comprendre. Mais comment discuter sérieusement, lorsque la moindre brise vous met les fesses à l'air ? Et puis, ils étaient trois et armés. Un handicap trop lourd à supporter...

Ils n'arrêtaient pas de chuchoter et Hubert trouvait que cela durait trop. Un vent coulis et malicieux montait entre ses jambes nues et lui donnait envie d'éternuer, l'obligeant en permanence à se chatouiller le palais avec sa langue, ce qui devenait fatigant... Ils se décidèrent enfin. Deux prirent l'ascenseur qui se trouvait là. L'autre retourna dans l'appartement et s'enferma.

Ils avaient dû venir fouiller l'appartement. Mais pourquoi laisser quelqu'un dans la place ? Pour garder Eva ? Hubert, ignorant que la jeune femme avait été enlevée à la sortie du Benibasha, le crut un instant. Puis il pensa que ces trois lascars pouvaient avoir été prévenus par téléphone de l'évasion du pseudo-Mel Davidson. Ils auraient alors laissé un des leurs uniquement pour l'accueillir, au cas où il se présenterait... N'était-il pas pratiquement obligé de revenir là chercher des vêtements ?

Conclusion : l'effet de surprise ne jouerait pas et Hubert risquait fort de se trouver nez à nez avec un canon de revolver s'il sonnait pour se faire ouvrir la porte. Car, n'ayant pas de clé, il était bien obligé de sonner.

Une idée jaillit soudain de son esprit fertile. L'ascenseur venait de s'arrêter au rez-de-chaussée. S'il le faisait remonter tout de suite, le Japonais demeuré dans l'appartement l'entendrait et croirait que ses compagnons reviennent, ayant oublié quelque chose.

Psychologiquement, cela devait marcher.

Il redescendit jusque sur le palier et rappela l'ascenseur. L'appareil revint bruyamment, ponctuant le passage de chaque étage par un claquement qui allait s'amplifiant. La minuterie s'éteignit. Hubert ne jugea pas utile de rallumer. L'obscurité lui convenait.

Il y avait en effet un risque pour que la ruse fonctionnât trop bien et que le bonhomme ouvrît de lui-même, vraiment persuadé du retour de ses compères.

La cage s'immobilisa devant Hubert, après un dernier claquement, bien sonore. Hubert tira la porte puis la repoussa avec force. Bing !

Après quoi, très vite, il franchit les deux mètres qui le séparaient du bouton de sonnette. Une succession d'appels, francs et nets, très rapprochés. *Dring ! Dring ! Dring !*

Il attendit.

Rien. Les secondes passaient, chacune emportant une chance de succès. Déconcerté – il avait été persuadé que cela marcherait comme sur des roulettes –, Hubert recommença, avec toute la nervosité que l'on pouvait attendre d'un monsieur pressé à qui on ne répond pas assez vite…

Le bruit d'une chasse d'eau le rassura et faillit le faire éclater de rire. Il entendit le Japonais accourir en maugréant et se prépara. La porte s'ouvrit, vivement tirée…

Hubert lança son coup favori : l'*hatemi* au plexus, porté avec la pointe des doigts tenus bien raides. Rapide et net, avec le gros avantage de couper immédiatement le souffle de l'adversaire et de l'amener à se plier en deux, ce qui permettait de le recevoir, sans se déranger, d'un coup de genou en pleine figure.

Hubert y alla du coup de genou. Il ne risquait pas de tacher son pantalon avec le sang jaillissant du nez écrasé de l'autre, puisqu'il n'avait pas de pantalon.

Complètement surpris, le Japonais se trouva les quatre fers en l'air dans le couloir. Hubert entra, referma la porte, poussa les verrous et regarda son malheureux adversaire qui essayait vainement de vomir sa langue sur le parquet.

Pas joli du tout ! Il fit la grimace et se rendit sans plus tarder dans la salle de bains. L'armoire à pharmacie contenait exactement ce qu'il cherchait : du sparadrap. Il revint dans le vestibule et entreprit d'attacher les pieds et les mains de sa victime avec la bande adhésive. C'était extrêmement solide et impossible à desserrer.

Le malheureux Japonais continuait de souffrir terriblement et ses hoquets devenaient de plus en plus bruyants. Hubert le chargea sur son épaule et alla le déposer dans le placard-penderie de la chambre à coucher. Il referma la porte et décida qu'il était temps de chercher Eva…

Tout était bouleversé dans l'appartement, mais la jeune femme ne s'y trouvait pas. Il pensa enfin qu'ils avaient pu lui jouer, à elle aussi, le coup de l'enlèvement, et que cela pouvait s'être produit entre le Benibasha et l'appartement. De toute façon, il n'y pouvait plus rien…

Il se fit couler un bain brûlant et s'y plongea en serrant les dents. Bien que l'immeuble eût été construit par une entreprise américaine, les baignoires étaient encastrées dans le plancher, à la mode japonaise, semblables à de minuscules piscines. De même les lavabos étaient accrochés à hauteur des genoux, ou peu s'en fallait. Hubert s'était toujours demandé si les fils du soleil levant s'accroupissaient dans leur position favorite pour se débarbouiller. Il ne voyait pas d'autre explication à ce mystère…

Il resta cinq minutes, pas plus, afin de ne rien perdre de l'effet tonifiant du bain chaud, et remonta sur le sol carrelé. Il se lava les dents en pensant à la brosse qui lui avait été si gentiment offerte par la femme de chambre de ce charmant petit hôtel où l'avait entraîné la délicieuse Tetsuko, à des fins vraiment inavouables. Plié en deux pour ne pas cracher en dehors de la cuvette, il éprouva soudain un malaise au creux de l'estomac. De l'angoisse.

Et pour quelle raison éprouvait-il de l'angoisse ? Il n'osa pas se l'avouer immédiatement. Il avait peur pour Eva, peur qu'il lui fût arrivé quelque chose de vraiment désagréable.

Il avait les joues noires de barbe, mais on ne se rase pas à cinq heures du matin sans raison valable. Il se peigna avec ses doigts, ce qu'acceptaient fort bien ses cheveux courts et légèrement ondulés, puis regagna la chambre.

Le pensionnaire s'agitait. Hubert rouvrit le placard.

— Du calme, dit-il. Je vais m'occuper de toi dans une minute.

Il mit du linge propre, choisit un complet infroissable – sage précaution – couleur tabac, et termina par les chaussures.

Le Japonais allait mieux, mais éprouvait encore quelque peine à respirer. Hubert alla chercher la bouteille de whisky et un verre dans la salle de séjour. Il redressa son prisonnier, lui fit ingurgiter un peu d'alcool.

– Ça va mieux ?

Pas très bavard. Pourtant, Hubert savait qu'il parlait et comprenait l'anglais. C'était celui-là même qui lui avait dit si aimablement : « Si vous êtes raisonnable, tout se passera bien. » Ou quelque chose comme ça...

Il répéta, ironique :

– Si vous êtes raisonnable, tout se passera bien.

Puis il le souleva comme un paquet et le jeta sur le lit dont les ressorts grincèrent joyeusement.

– Écoute, reprit-il, la première chose que je désire savoir est où se trouve Mme Davidson. Je suis très pressé et, si tu ne me réponds pas tout de suite, je vais être obligé de te faire mal. Compris ?

Le Japonais restait impassible. Hubert le trouva énervant. Comme tout bon judoka, il connaissait quelques *armlocks* qui, basés sur une parfaite connaissance de l'anatomie des membres, peuvent provoquer des douleurs intolérables. Pas besoin de cogner. Pas besoin de baignoire, ni d'allumettes sous les ongles, et le « sujet », la séance terminée, ne sentait plus rien et ne conservait aucune trace.

Hubert, qui n'était pas sadique pour deux sous, avait ce genre de distraction en sainte horreur. Mais s'il voulait retrouver Eva Davidson avant qu'il ne lui fût arrivé malheur, il ne pouvait rester là les bras croisés en attendant que ce phénomène voulût bien lui donner l'adresse, ce qui était hautement improbable...

L'attitude du Japonais ne lui laissant aucun doute, il se mit au travail sur le bras gauche, sans délier les poignets. Le prisonnier serra les dents et banda ses muscles. D'un coup, son visage fut inondé de sueur. Mais aucun son ne sortit de sa gorge.

— Bravo, apprécia Hubert. Mais, ce n'est qu'un aperçu... Quelques petits hors-d'œuvre pour commencer, et puis nous passerons aux plats de résistance.

Il épuisa les hors-d'œuvre sans obtenir aucun résultat et il transpirait presque autant que sa victime. Exaspéré par cette résistance qui lui faisait perdre un temps précieux, il se redressa et fit quelques pas de long en large, cherchant à dominer la rage qui montait en lui comme un raz-de-marée. La voix douce du Japonais le surprit :

— C'est fini ? Je peux alors vous donner le renseignement que vous désiriez...

« Il se paie ma tête ! », pensa Hubert en lui faisant face. Mais c'était sans importance, s'il était disposé à parler...

— Votre femme était dans cette maison où vous étiez vous-même retenu. Peut-être l'auriez-vous trouvée si vous étiez parti moins précipitamment...

Il semblait dire la vérité. Sans doute s'imaginait-il que celui qu'il prenait pour Mel Davidson n'oserait jamais retourner là-bas...

Il se trompait, dans tous les sens, en long, en large et en travers. Hubert venait d'imaginer Eva aux prises avec le gigantesque sumotori assoiffé de vengeance et il avait senti la sueur se glacer sur son corps.

— J'y vais, annonça-t-il. Tu vas rester ici et malheur à toi si tu m'as menti.

Il lui ferma la bouche avec du sparadrap, afin de lui ôter toute possibilité d'appeler à l'aide si l'envie lui en prenait. Il allait partir lorsqu'il se rendit compte qu'il avait oublié de fouiller les poches de son prisonnier.

Il en resta stupéfait. Oublier des choses aussi essentielles ne lui arrivait pratiquement jamais. Il était méticuleux dans l'action, car il avait appris à ses dépens, depuis très longtemps, combien un oubli, même anodin, peut soudain se montrer gros de conséquences. Que se passait-il ? Cette nervosité, cette distraction inhabituelles… Le joli visage et le regard bouleversant d'Eva Davidson s'imposèrent à lui. Il fronça les sourcils, refusant encore d'admettre l'évidence, mais tout de même ébranlé.

– Ce serait une bonne chose qu'ils aient flanqué cette fille à la mer, grogna-t-il.

Mais il regretta ces mots, à peine prononcés, et fut pris de nouveau d'une hâte fébrile.

Les poches du Japonais contenaient le trousseau de clés de l'appartement, quelques billets de mille yens, un peu de menue monnaie, une carte format identité, avec photo, mais rédigée en japonais, et un pistolet automatique de marque peu connue un Harrington & Richardson auto de calibre 32[1].

Le chargeur était plein, une balle engagée dans le canon, la sûreté verrouillée. Hubert mit l'arme dans sa poche et prit aussi les clés.

Il laissa le prisonnier sur le lit, regagna le couloir et voulut éteindre dans la chambre, mais il se trompa de bouton et fit l'obscurité dans le vestibule. Son regard étant tourné vers la porte d'entrée, il aperçut sous le battant un rai de lumière provenant de l'escalier. Et, presque aussitôt, il vit une ombre se déplacer latéralement, puis s'immobiliser…

Quelqu'un se trouvait là, sur le palier, de l'autre côté de la porte…

1. 7,65 mm.

7

Hubert ouvrit la porte d'un mouvement brusque et demanda :

— Vous désirez ?

Le visiteur aperçut la gueule du H & R braquée sur lui et leva les bras. Hubert, qui l'avait déjà vu dans cette position, s'exclama :

— Encore vous !

C'était M. Kimiko Yamanaka, le monsieur dont l'appartement se trouvait exactement au-dessus de celui d'Eva, et qui se cuitait « conjugalement ». Il était en peignoir, un très joli peignoir orné de dragons crachant le feu. Il se plia en deux, sans baisser les mains, et prononça avec beaucoup de difficultés :

— Vous... excuser moi...

Il chercha vainement des mots pour la suite et se résolut à mimer ce qu'il voulait expliquer. C'était un excellent mime et Hubert comprit facilement. M. Kimiko Yamanaka, et Yoko, son épouse, avaient été réveillés à plusieurs reprises au cours de la nuit par des bruits insolites qui leur avaient semblé provenir de chez Mrs Davidson. Finalement, Mme Yamanaka avait donné un coup de coude dans les côtes de son honorable mari en le priant de descendre écouter à la porte afin d'essayer de se faire une opinion. Il était navré d'avoir été surpris, mais sa démarche était partie d'un bon sentiment.

Pour ne pas être en reste, Hubert entreprit de mimer à son tour une réponse. Il expliqua que son honorable épouse était de mauvaise humeur et que les femmes américaines n'étant pas aussi bien dressées, hélas ! que les femmes japonaises, ils s'étaient disputés toute la nuit. Pour en finir, et parce qu'il revenait à l'homme de se montrer le plus intelligent et le plus sage, lui, Mel Davidson, avait décidé d'aller faire un tour – trottinement de l'index et du majeur sur le dos de l'autre main – dans la fraîcheur matinale – profonde respiration et mine satisfaite –, ce qui ne pouvait que leur faire du bien à tous deux…

M. Kimiko Yamanaka devait avoir compris. Il semblait en tout cas rassuré. Hubert acheva en lui signifiant qu'il pouvait sans crainte aller retrouver sa chère Yoko sur l'oreiller, ou sur le mince matelas conjugal. Ce qui déclencha une longue série de courbettes. Hubert sortit et ferma la porte, appela l'ascenseur, pénétra dans la cage à reculons, sans cesser un seul instant de se casser et de se recasser. Il avait descendu deux étages et perdu M. Yamanaka de vue qu'il continuait à plonger…

Le ciel commençait à s'éclaircir en direction de l'est. Hubert retrouva la Buick où il l'avait laissée. L'avant était en piteux état et c'était probablement ce qui avait dégoûté les amateurs, car n'importe qui aurait pu partir avec puisque, n'ayant pas les clés, Hubert n'avait rien verrouillé.

Il démarra sans perdre une minute, de plus en plus angoissé au sujet d'Eva. Il croyait pouvoir retrouver le chemin de la propriété dont il s'était évadé, mais n'en était pas absolument sûr...

*

L'aube était là, une aube humide et grise, lorsqu'il reconnut la barrière de bois blanc qu'il avait pulvérisée deux ou trois heures plus tôt en s'enfuyant avec la Buick. Il arrêta la voiture cent mètres plus loin et revint à pied.

C'était un quartier résidentiel où devaient habiter de riches Japonais. Les maisons cossues étaient largement espacées au milieu de jardins ravissants.

Hubert hésita un peu devant les débris du portail, puis décida que ce n'était plus le moment de prendre des gants. Il ne pouvait alerter la police, qui poserait trop de questions, et Babcock lui refuserait sûrement son aide pour une action de ce genre.

Il s'engagea dans l'allée sablée qui montait en larges courbes vers la grande maison, basse et trapue, construite à l'endroit le plus élevé. Il était trop tendu pour accorder au jardin l'attention méritée. Des rochers, des arbustes nains aux formes contournées, des fleurs précoces sur des tapis de mousse, de minuscules cours d'eau enjambés par des ponts de poupée. Pas une ligne droite, un vrai ravissement.

Hubert chercha dans sa poche le contact rassurant du « H. et R. » et libéra la sûreté. Les événements pouvaient aller très vite et il devait être prêt à tirer, même à travers sa poche s'il le fallait.

Il approchait. Rien ne bougeait. Tout semblait dormir. Il s'écarta un peu vers la gauche et aperçut la grande déchirure laissée par son passage acrobatique à travers le *shôji*.

Plus de voiture. L'idée l'effleura qu'ils avaient pu abandonner la place. Un repaire de cet ordre ne vaut plus rien lorsqu'il est connu. Ils avaient pu craindre un retour en force...

Il marcha carrément vers l'entrée, le doigt sur la gâchette de son arme, prêt à toute éventualité. Mais rien ne se produisit.

Il entra sans difficultés. Une maison japonaise, avec ses murs fragiles de paille pressée ou de papier, est toujours accessible à tout venant. Pour les choses précieuses, on construit le *kura*, édifice massif, aux murs très épais, inviolable et incombustible, tout au moins en principe, toujours élevé au nord-ouest de la maison, ou *ten-mon*, porte du ciel, où l'on doit également creuser le puits.

Déjà persuadé de ne plus trouver âme qui vive, Hubert espérait quand même découvrir quelque indice en fouillant les meubles et les classeurs. Mais une rapide visite des lieux le fit très vite et totalement déchanter. Tout avait disparu, y compris le somptueux bureau de bois sculpté qu'il avait à peine eu le temps d'admirer. En moins de trois heures, ces gens-là avaient réussi un déménagement qui aurait dû normalement exiger le double de temps et la disposition d'un ou deux camions de fort tonnage.

Abasourdi, Hubert refit vainement le tour des pièces vides. Puis il ressortit et marcha vers le *kura*, dont les murs peints de blanc se dressaient à faible distance. La porte, épaisse de vingt centimètres, était ouverte. Il ne restait même pas un vieux papier à l'intérieur.

Hubert commençait à se sentir très fatigué et ce nouvel échec l'acheva. Il était arrivé soutenu par la perspective d'une action violente et décisive et l'adversaire lui faisait le coup de la terre brûlée. Les jambes coupées, il redescendit vers la rue.

Quoi faire ? Retourner à l'hôtel où Tetsuko l'avait entraîné ? Elle devait être repartie depuis longtemps et, sans parler leur langue, il ne pourrait rien tirer des employés. La seule chose à faire était de retourner à l'appartement pour reprendre l'interrogatoire du prisonnier.

Mais Hubert ne se faisait guère d'illusions. Le Japonais était coriace, il l'avait déjà prouvé. À moins d'un miracle, il ne parlerait pas. Il ne lui avait dit où trouver Eva que pour se débarrasser de lui, sachant parfaitement que la maison serait vide…

Hubert reprit le volant de la Buick et partit en trombe, à la « japonaise ». Le pressentiment venait de naître en lui qu'il ne retrouverait pas son prisonnier.

Il conduisit comme un fou, ce qui n'attira l'attention de personne, les automobilistes japonais se prenant tous pour des pilotes-suicide. Mais la circulation était déjà dense. Les tramways circulaient, bondés de voyageurs partant pour l'usine ou le bureau, et de nombreux camions encombraient les rues. Malgré toute son ardeur et toute son habileté, il lui fallut près de vingt minutes pour couvrir le trajet.

Il gara la voiture au petit bonheur, pénétra dans l'immeuble et sauta dans l'ascenseur qui se trouvait en bas. La porte de l'appartement était toujours fermée, telle qu'il l'avait laissée. Il ouvrit fébrilement, entra en repoussant le battant derrière lui et courut jusqu'à la chambre…

Le Japonais était toujours là, couché en chien de fusil sur le lit, le dos tourné à la porte. Hubert se déplaça lentement pour regarder le visage. Quelque chose lui semblait anormal…

Il vit et se figea, le souffle coupé, avec l'impression qu'un suaire de glace venait de lui tomber sur les reins. Visage violacé, yeux désorbités, le Japonais était mort.

Étranglé.

La première pensée qui vint à Hubert lorsque son cerveau se remit à fonctionner fut qu'il se trouvait avec un cadavre sur les bras et que c'était là une situation très désagréable.

Puis un réflexe de prudence le conduisit à visiter minutieusement l'appartement. S'il était absolument certain que l'assassin était entré pendant son absence, rien ne prouvait qu'il fût reparti.

Il ne trouva rien, ni personne. Et le désordre laissé par les trois après leur perquisition était tel que dix autres visiteurs clandestins auraient bien pu passer par là entre-temps sans laisser de traces visibles.

Mais pourquoi diable avoir tué ce malheureux bougre, au lieu de le délivrer ? L'avaient-ils soupçonné de s'être laissé aller à des confidences dangereuses ? Ils ne lui avaient même pas donné la chance de s'expliquer. Le sparadrap avec lequel Hubert lui avait clos la bouche avant de partir était toujours en place.

Une autre explication possible était qu'ils aient, tout simplement, voulu le punir de sa négligence. Il s'était laissé surprendre et désarmer dans les meilleures conditions et cela pouvait être assimilé à une trahison.

De toute façon, le cadavre était là et rien n'est plus encombrant, rien n'est plus susceptible de procurer des ennuis qu'un cadavre.

Hubert savait cela depuis fort longtemps. Son cerveau travaillait vite et avec efficacité. Le ou les assassins avaient pu faire leur sinistre besogne en cet endroit et y laisser le corps de leur victime uniquement parce que c'était la solution la plus simple. Par paresse, en quelque sorte. Mais ils avaient pu tout aussi bien penser à nuire, par la même occasion, aux occupants habituels des lieux. Dans ce dernier cas, s'ils étaient logiques avec eux-mêmes, Hubert ne devait pas tarder à voir la police arriver, prévenue par un appel téléphonique « anonyme ».

La première chose à faire, et à faire très vite, était donc de se débarrasser de ce cadavre.

Mais, chacun le sait, se débarrasser d'un cadavre n'est pas une affaire facile. C'est gros, c'est lourd, ça se manipule mal, et ça sent rapidement mauvais. On ne peut le brûler dans sa cuisinière, ni le jeter par petits morceaux dans un vide-ordures, sans risquer de s'attirer sur-le-champ de graves ennuis. Le confier à quelqu'un ? Personne n'en voudra. Les consignes de gare, les expéditions en « petite vitesse » sont des procédés connus et usés. Le bain d'acide n'est pas à la portée du premier venu. Le meilleur moyen est encore de le fourrer dans une tombe déjà en service et de préférence abandonnée par la famille de l'occupant légal, qui doit, d'autre part, avoir mené une vie exemplaire et être mort de façon bien naturelle, sans possibilité d'exhumation aux fins d'autopsie. Cela suppose un travail de documentation préalable et une certaine liberté de mouvement…

Hubert choisit de parer au plus pressé. Sorti de l'appartement, le cadavre serait déjà beaucoup moins dangereux, et le vaste coffre arrière de la Buick, en attendant mieux, lui offrirait un asile tout à fait acceptable.

Le seul problème à résoudre immédiatement était donc le trajet entre l'appartement et la voiture. En pleine nuit, il eût été relativement facile à résoudre. Mais, à huit heures du matin, alors que beaucoup de gens partaient pour leur travail, cela devenait un peu plus angoissant.

Hubert entreprit de chercher une corde. Il ne trouva que de la ficelle de cuisine, ridiculement mince, mais peut-être assez solide, à condition d'en mettre suffisamment.

Il revint dans la chambre, descendit le cadavre sur le tapis et prit une couverture du lit pour l'envelopper. Il lui fallait tenir compte des dimensions du coffre et réaliser un paquet d'aspect inoffensif, en même temps que pas trop difficile à porter.

Il lui fallut cinq bonnes minutes pour en venir à bout. Personne, bien sûr, n'aurait été capable de dire, à première vue, ce que contenait cet étrange colis. Mais l'excès de ficelle pouvait attirer l'attention…

Hubert haussa les épaules. Après tout, mieux valait intriguer brièvement un ou deux passants, plutôt que de voir le macabre paquet se défaire brusquement dans le hall de l'immeuble ou sur le trottoir.

Il essaya de le soulever sans toucher la ficelle. Ce n'était pas facile. Un enveloppement en longueur eut mieux fait l'affaire, bien sûr, mais n'eut pas tenu dans le coffre…

Il le porta devant lui jusque dans le vestibule, ouvrit prudemment la porte. Personne. Il appela l'ascenseur qui se trouvait en bas, sortit le paquet sur le palier, referma la porte.

Le faire entrer dans l'étroit ascenseur ne fut pas une entreprise de tout repos. Hubert commençait à transpirer. Il avait les jambes molles et les nerfs à fleur de peau. Il réussit enfin à refermer et appuya sur le bouton.

La descente lui parut interminable. Toute cette fatigue accumulée au cours de la nuit minait maintenant son habituelle maîtrise de soi. Il avait l'impression que cent paires d'yeux le surveillaient, que cent personnes l'attendraient dans le hall de l'immeuble et que ces cent personnes seraient informées de ce qu'il transportait.

Il n'y avait pas cent personnes en bas, mais une seule. La porte ouverte, Hubert se trouva nez à nez avec M. Kimiko Yamanaka...

Le Japonais portait un sac à provisions et revenait visiblement de quelques courses matinales. Il sourit, se courba en deux, montrant son crâne à demi chauve, aperçut l'énorme colis que Hubert cherchait à pousser du pied hors de l'ascenseur, posa vivement son sac et se précipita.

Surpris, Hubert cria :

– Pas par la ficelle, malheureux !

Mais le Japonais ne comprenait pas et Hubert, gêné par le ballot qui les séparait, ne pouvait le repousser. M. Yamanaka tirait avec ardeur, l'air ravi de rendre service. La ficelle allait sûrement casser et...

« Je l'assomme, pensa Hubert, et je m'excuse après ! » Il bondit, mais une femme entra dans le hall à ce moment précis, revenant elle aussi du marché. Elle portait un de ces masques de chirurgien dont beaucoup de Japonais se couvrent la bouche et le nez pendant la mauvaise saison, dès que le temps devient humide, ce qui ne les empêche pas d'attraper des rhumes ou la grippe comme tout le monde.

M. Yamanaka tourna la tête au bruit de la porte qui se refermait. Il connaissait la femme et Hubert le vit avec soulagement abandonner le paquet pour saluer la nouvelle venue.

Cela pouvait demander un certain temps. Hubert en profita sournoisement pour faire glisser le paquet sur le carrelage en direction de la sortie. M. Yamanaka et la femme parlaient avec animation. La voix de la femme était assourdie et déformée par le matelas de gaze blanche qui lui fermait la bouche. Ils regardaient le ballot et Hubert comprit qu'ils en discutaient.

Il ouvrit la porte. M. Yamanaka plongea une dernière fois. La femme marcha à reculons vers l'ascenseur. M. Yamanaka recula dans le sens contraire.

— Attention ! cria Hubert.

Trop tard. Les mollets du Japonais avaient touché le colis. Il perdit l'équilibre et tomba dessus, assis. De l'ascenseur, la femme éclata de rire – réaction bien japonaise – et M. Yamanaka en fit autant. Il riait tellement qu'il en oubliait de se relever.

Hubert vit rouge. Il s'en fallut de peu qu'il n'assommât réellement cet empêcheur de tourner en rond. M. Yamanaka se tira inconsciemment d'affaire en tournant la tête pour regarder Hubert et le prendre à témoin de la drôlerie de l'incident. Hubert parvint à se dominer et même à joindre son rire à ceux des autres. Mais jamais il n'avait ri aussi jaune…

L'ascenseur s'éleva enfin. Le Japonais se releva. Mais Hubert n'en fut pas débarrassé pour autant. Ce brave citoyen du Soleil levant voulait absolument l'aider…

— Pas par la corde, répéta Hubert en essayant de faire comprendre l'interdiction par gestes.

Ils soulevèrent le paquet, chacun de leur côté. Mais M. Yamanaka n'était pas très fort et le poids faillit l'emporter. Il serra les dents, refusant de lâcher. Ils furent sur le trottoir. La Buick était à cinquante mètres. Le parcours parut interminable à Hubert. Un cauchemar. Ils arrivèrent enfin, sans accident…

Alors seulement, Hubert se rendit compte que, sans clé, il ne pouvait ouvrir le coffre.

Terrible ! Accablé, il n'était même plus capable de réfléchir. Le Japonais le considérait avec un étonnement discret. Des passants les observaient avec curiosité, intrigués par le volumineux paquet, si étrangement ficelé. Hubert respira profondément et ouvrit la portière. Il n'y avait pas trente-six solutions possibles…

Il rabattit le dossier du siège avant et monta derrière à reculons. Un signe et M. Yamanaka banda tous ses muscles pour soulever le colis. Il faillit bien ne pas y parvenir. Hubert attrapa de justesse un coin de la couverture. Le Japonais lâcha tout, se raccrocha désespérément à la ficelle. Et la ficelle cassa…

Dans un dernier effort, Hubert amena le tout sur la banquette. La sueur l'inondait. Il releva la tête et vit le visage figé de M. Yamanaka, puis l'expression horrifiée de ses yeux. Glacé, il suivit la direction de ce regard et vit les doigts de deux mains jointes qui dépassaient sous un morceau de couverture.

8

James Kennedy regarda Hubert qui venait d'entrer dans son bureau et lança, très ironique :

— Alors ? Le champion... Vous avez une sacrée mauvaise mine, permettez-moi de vous le dire.

Hubert s'était vu quelques instants plus tôt dans un miroir : pâle et défait, les yeux cernés, les joues rongées de barbe.

— Fichez-moi la paix, répliqua-t-il. Vous n'êtes qu'un minable, un petit bureaucrate qui ne comprend rien. Vous ne seriez pas capable de faire seulement le dixième de ce que j'ai fait, et vous seriez mort depuis longtemps...

Il se reprit, se laissa tomber dans un fauteuil et enchaîna :

— En parlant de mort, il y a un cadavre dans ma voiture. Elle est en bas. Je compte sur vous pour le faire disparaître. Moi, j'en ai assez fait pour aujourd'hui. J'en ai marre. À vous de jouer.

Il souffla. James Kennedy avait froncé les sourcils.

— Si c'est une plaisanterie...

Hubert explosa.

— Ce n'est pas une plaisanterie. Si vous n'avez jamais vu de cadavre, c'est le moment ou jamais.

Kennedy fit claquer sa langue contre son palais et leva une main qui se voulait apaisante.

— Doucement, ne nous énervons pas.

Agressif, Hubert grogna :

— Vous me tapez sur les nerfs avec vos airs de se payer la tête des gens. Essayez ça sur un autre, pas sur moi. J'ai horreur de ça !

— Je suis navré de vous avoir déplu, reprit Kennedy qui semblait vraiment ennuyé. Faisons la paix et expliquez-moi cette histoire de cadavre. De qui s'agit-il ?

Hubert haussa les épaules.

— Je n'en sais rien. C'est un Japonais. Faites-le disparaître avant qu'il ne commence à sentir mauvais.

— C'est vous qui l'avez tué ?

— Non.

Kennedy soupira.

— Bon. Parons au plus pressé. La marque et le numéro de votre voiture ?

Hubert lui donna les renseignements.

— Où est-elle ?

Hubert le lui expliqua. Kennedy se leva.

— Je vais m'en occuper, annonça-t-il.

— À quelle heure arrive Babcock ?

— Il ne viendra pas avant dix heures.

— Il faut que je dorme, dit Hubert en se levant péniblement. Trouvez-moi un coin tranquille.

— Venez. Il y a une couchette dans le cagibi du gardien de nuit.

*

Il était un peu plus de onze heures lorsqu'un planton vint le réveiller pour lui annoncer que le directeur était arrivé. Hubert se leva, se passa la tête sous un robinet d'eau froide, se peigna avec ses doigts et se sentit relativement bien. Il avait dormi un peu plus de deux heures.

Babcock était seul dans son bureau. Hubert trouva qu'il ressemblait plus que jamais à un gros ourson.

— Hello ! Comment ça va ?

Babcock le regarda un moment avant de répondre.

— C'est à vous qu'il faut poser la question.

— J'ai une faim de loup, répliqua Hubert.

— Que voulez-vous ?

— Un bon steak bien saignant, avec de la salade et du café.

— Okay !

Le directeur passa l'ordre par téléphone, raccrocha et annonça :

— Vous aurez ça dans cinq minutes. Maintenant, racontez-moi ce qui s'est passé… Je croyais que nous ne devions pas vous revoir avant que tout soit réglé ?

— J'ai besoin d'aide, c'est trop lourd pour moi. Ce serait parfait si nous étions en pays hostile… Mais ici, je suis obligé de prendre des gants.

— Nous ne voulons pas d'histoires avec les autorités japonaises, confirma Babcock.

— C'est bien ce que je voulais dire.

Il raconta tout, depuis le début. Babcock l'écouta sans l'interrompre, jetant parfois d'un crayon rapide une note sur un bloc de papier. Pour terminer, Hubert conclut :

— Je suis en plein cirage. J'ai l'impression de n'avoir pas compris quelque chose… Un détail important qui m'aurait échappé.

Avec une légère, très légère pointe d'ironie, Babcock suggéra :

— Vous étiez peut-être trop occupé à regarder Eva Davidson ?

Hubert ne répondit pas et demeura impassible, mais une petite voix murmura en lui-même : « Touché ! » Le sourire de Babcock s'élargit :

— Je ne vais pas vous laisser plus longtemps dans les transes. Les services spéciaux japonais nous ont informés tout à l'heure de l'arrestation d'Eva Davidson...

Stupéfait, Hubert l'interrompit :

— Vous voulez dire que ce sont des services officiels qui la détiennent actuellement ?

— Oui, mon vieux. Les mêmes qui vous ont arrêté, vous, cette nuit et auxquels vous avez échappé...

— Seigneur ! lança Hubert. Mais, alors... Ce type que j'ai retrouvé étranglé chez elle ?

Babcock soupira bruyamment et passa ses gros doigts spatulés sur ses cheveux lisses, rejetés en arrière.

— Beaucoup de chances pour que ce soit un de leurs agents.

— Je n'y comprends plus rien, avoua Hubert qui se sentait dépassé par les événements.

— Les Japonais prétendent qu'ils ont reçu une dénonciation anonyme concernant Eva Davidson. Ils l'ont placée sous surveillance, eux aussi, et son attitude leur a paru suffisamment suspecte pour motiver une arrestation. Ils ignoraient, disent-ils, qu'elle travaillait chez nous. Et vos démarches ayant attiré également leur attention, ils vous ont cueilli à votre tour. Je leur ai demandé un rapport détaillé. Ils ont promis de me l'envoyer rapidement. J'espère que ça ne demandera pas deux mois...

— Ils vont la relâcher ?

— Bien sûr. Je leur ai dit que vous étiez tous les deux sur une grosse affaire, très importante. Ils se sont excusés. Eva Davidson va être relâchée et vos vêtements et objets personnels vous seront rendus.

Hubert proposa :

— Je peux aller la chercher, je ramènerai mes trucs en même temps. Et ça ne me déplairait pas de discuter un peu avec ces gens-là…

— Je pense qu'ils ont dû déjà la libérer. Vous la retrouverez à l'appartement.

Hubert se sentit pâlir.

— À l'appartement ? Mais, il faut l'empêcher d'y retourner. Ce Japonais, ce Kimiko Yamanaka… Il a dû alerter la police. Si vous l'aviez vu se sauver quand les mains du cadavre sont sorties du paquet… On aurait cru qu'il avait le diable à ses trousses.

Babcock comprit immédiatement. Il décrocha le téléphone et demanda un numéro au standard.

— J'espère qu'il ne sera pas trop tard, murmura-t-il. En ce qui concerne votre idée de contact direct avec nos confrères japonais, je trouve ça très bon. Car, si vous voulez mon opinion, ils sont sur la même affaire que nous et c'est pourquoi vos routes se sont croisées. Si vous pouviez obtenir d'eux que nos services collaborent, au lieu de chasser chacun de son côté…

— Cela me permettrait d'avoir les coudées plus franches.

On frappait à la porte. C'était le copieux « breakfast » demandé par Hubert, qui s'installa sur le coin du bureau et se mit à manger. Babcock lissait ses cheveux d'une main caressante.

— Le mieux serait que vous puissiez vous expliquer franchement avec eux, sans même cacher l'histoire de ce type que vous avez trouvé étranglé sur le lit d'Eva…

Hubert fit la grimace et répondit, la bouche pleine :

— Ils vont réclamer le corps.

— Nous l'avons toujours. Nous ne pouvions pas le faire disparaître en plein jour, trop dangereux. Il est dans une chambre froide, jusqu'à ce soir.

Le téléphone sonna. Babcock décrocha, parla quelques secondes en japonais, écouta la réponse en fronçant les sourcils, l'air de plus en plus sombre. Il raccrocha lentement et regarda Hubert.

— Elle a été relâchée voici une heure. Elle doit être rentrée chez elle...

Hubert jura entre ses dents et repoussa son assiette, l'appétit coupé.

— Appelez l'appartement en vitesse, demanda-t-il.

Il indiqua le numéro. Babcock reprit l'appareil.

— Si les flics s'en mêlent, cela va devenir catastrophique, murmura-t-il comme pour lui-même.

Hubert n'en doutait pas. On n'était plus aux premiers temps de l'occupation et les Japonais devenaient, avec juste raison, de plus en plus jaloux de leur souveraineté. Les criminels américains devaient maintenant rendre compte de leurs actes devant des tribunaux nippons. Et Hubert n'avait aucune envie de passer en jugement pour un crime qu'il n'avait pas commis, même en compagnie de la fascinante Eva Davidson...

La communication établie, Hubert prit le second écouteur et entendit la voix harmonieuse de la jeune femme, ce qui lui donna chaud au cœur.

— Passez-moi ça, exigea-t-il en prenant le combiné des mains de Babcock et en lui donnant son écouteur. Allô, Eva...

— Oh ! bonjour. Comment allez-vous ? Est-ce vous qui avez tout retourné ici ? Pour me chercher, sans doute ?

Il n'avait pas envie de plaisanter.

— Écoutez-moi bien, Eva. C'est très important. Vous êtes seule ?

Court silence. Elle était alertée.

— Oui, je suis seule.

— Il faut que vous partiez immédiatement de chez vous. Ne me demandez pas d'explications. Prenez un taxi et filez. Rendez-vous dans une demi-heure au bar de l'Imperial. Compris ?

— J'ai compris, mais…

— Faites ce que je vous dis. Votre liberté est en jeu.

— Encore ? Bon… Eh bien, je vous obéis.

— Vite, Eva. Ne perdez pas de temps.

— À tout à l'heure.

Elle avait raccroché.

— Ouf ! fit Hubert en reposant l'appareil. Elle a une chance de s'en tirer.

Babcock semblait indécis.

— Vous savez, il est très possible que ce Yamanaka n'ait rien fait. Voulez-vous que j'envoie quelqu'un tâter discrètement le terrain ?

— Très volontiers. Je vous signale que vous avez oublié de fixer un rendez-vous pour moi avec les Japonais.

— C'est juste. Excusez-moi. Je vais les rappeler…

Il le fit. Hubert enchaîna.

— Je voudrais bien aussi que vous fassiez une enquête concernant ce « *brothel* » où le Nippon bien nippé m'a entraîné le premier soir.

Babcock nota.

— Ce sera fait. Allô…

La communication étant établie, il se mit à parler japonais. Hubert connaissait lui-même un certain nombre de langues dans lesquelles il s'exprimait fort couramment : l'américain, bien sûr, l'anglais, le français, l'allemand, l'italien et l'espagnol. Il possédait par ailleurs de bonnes notions d'arabe et de russe. Mais le chinois et le japonais lui étaient pratiquement inconnus. De la langue nippone, il savait seulement quelques expressions dans le genre de *Ari'gatoh gozaima'su*, « merci beaucoup », et *Hon' to-ni soh desu-neh*, « oui, vraiment ». Plus une demi-douzaine de mots ayant un rapport direct avec la galanterie et d'un usage évidemment limité.

Babcock remit l'appareil sur son berceau et dit :

— Ils vous attendent cet après-midi à cinq heures. Vous demanderez le colonel Kawaishi. Il parle très bien anglais et l'argot américain n'a même plus de secrets pour lui. Je vous donnerai une lettre à son intention.

Hubert s'était remis à manger et le steak disparaissait rapidement. Il but quelques gorgées du café typiquement américain, c'est-à-dire sans aucun arôme, s'essuya la bouche avec un kleenex et répondit :

— C'est parfait. Je repasserai vous voir à quatre heures.

— Au fait, reprit Babcock, nous avons cru bon d'envoyer votre voiture au garage. Elle avait un peu souffert et suffisait à vous faire remarquer. J'essaierai de vous en trouver une autre pour quatre heures...

— Dites-donc, intervint Hubert en se levant, je n'ai plus un radis.

— Nous allons arranger ça. De toute façon, Eva Davidson doit avoir votre portefeuille...

— Ce n'est pas sûr...

*

Il était midi et demie lorsqu'il se retrouva dehors, enfin rasé. Eva devait l'attendre depuis un bon moment. Il fit signe à un taxi qui lui fonça immédiatement dessus avant de s'arrêter dans un grand hurlement de pneus malmenés. C'était une 4 CV Renault[1]. Hubert se glissa dedans tant bien que mal et s'assit en travers afin de pouvoir allonger un peu ses jambes.

– Imperial Hotel, lança-t-il.

Le chauffeur japonais se retourna, montrant son visage lunaire transformé en point d'interrogation.

– Imperial Hotel, répéta Hubert avec un accent légèrement différent.

Pas plus de succès. Il se résigna et dit :

– *Teikoku !*

La face ronde du Japonais s'illumina.

– Okay ! répliqua-t-il.

C'était probablement le seul mot d'américain qu'il connaissait. Hubert se cramponna. La petite voiture repartait comme une fusée. Ils se trouvèrent miraculeusement indemnes dans le flot de la circulation. Le soleil brillait faiblement dans un ciel presque blanc. La brume se levait, mais beaucoup de passants conservaient leur masque de gaze sur la figure, ce qui leur donnait des allures de bouledogue. Le vent étant faible, les longues banderoles publicitaires flottaient haut au-dessus des toits, accrochées à de gros ballons captifs rouges et jaunes. Hubert s'était fait expliquer la signification de quelques-unes de ces annonces : réclames pour des journaux ou des produits pharmaceutiques. De temps à autre, la sécurité routière faisait monter un ballon avec une interminable banderole qui annonçait, par exemple : « Automobilistes, attention ! Déjà quinze morts et quarante blessés par accidents de la circulation dans Tokyo depuis ce matin six heures. Soyez prudents. » Ce qui avait le don, immanquablement, de

---

1. Les 4 CV Renault sont montées en série au Japon.

mettre en joie les conducteurs aussi bien que les piétons ; car rien n'amuse davantage un Japonais qu'un bon drame bien sanglant. Simple question de savoir-vivre, d'ailleurs. Pour ne pas attrister ses semblables, on annonce la mort de ses enfants ou de sa femme, comme une chose vraiment plaisante ; ce qui, en Occident, n'est d'usage que pour les belles-mères, et encore, pas de façon systématique…

Il se cramponna. Pour gagner deux secondes, le chauffeur du taxi venait de couper carrément un carrefour, malgré les feux rouges et malgré la meute déchaînée des autres voitures que les feux verts venaient de libérer dans l'autre sens. Ils y échappèrent de peu. La 4 CV dérapa sur un dernier coup de volant trop brusque, puis se redressa. Hubert, plutôt pâle, regarda la tête de son conducteur dans le rétroviseur : il était hilare.

Une minute plus tard, ils faillirent se faire coincer entre deux tramways. Un agent siffla, mais le chauffeur fit la sourde oreille.

Hubert laissa échapper un grand soupir de soulagement lorsque la petite voiture, après un dernier virage acrobatique, pénétra dans la cour de l'hôtel Imperial. Il paya le prix marqué au compteur et descendit en se promettant de ne jamais plus remonter dans un taxi japonais. Vraiment trop dangereux !

L'hôtel Imperial est le palace de Tokyo. Construit en pierres brunes sur les plans d'un architecte américain qui devait sûrement descendre des Aztèques, il est affreux, trapu et d'une solidité à l'épreuve des plus terribles tremblements de terre.

Hubert entra dans le vaste hall, encombré comme d'habitude d'une foule bigarrée parlant toutes les langues de la création, passa devant le bureau et s'engagea dans l'escalier qui conduisait au sous-sol.

Le bar était tout de suite à droite. Il allait l'atteindre lorsqu'il aperçut Eva qui arrivait de la galerie marchande. Ils étaient seuls dans cette portion de couloir. Elle portait un tailleur de tweed brun assez épais, mais il ne voyait que ses yeux, ses yeux clairs et immenses qui...

Elle se précipita soudain et il la reçut contre lui.

— Oh ! Mel... J'ai eu si peur !

Il lui caressa tendrement les cheveux.

— C'est fini, mon cœur...

Elle se raidit soudain et recula d'un pas. Quelqu'un arrivait derrière lui. Il se retourna...

— On va prendre un pot ? proposa-t-il.

— Oui, j'ai très soif, répondit-elle.

L'homme passa tout près d'eux sans les regarder. C'était un Japonais, vêtu d'un pantalon rayé et d'une veste noire, ce qui semblait constituer l'uniforme d'une certaine élite. Hubert prit le bras de la jeune femme et l'entraîna vers le bar.

Une demi-douzaine de clients divers étaient fascinés par la télévision. Hubert choisit un coin isolé. Ils s'installèrent sur les sièges de matière plastique, assez inconfortables. Un garçon vint aux ordres. Ils commandèrent deux scotchs, avec de la glace et de l'eau gazeuse. Eva ouvrit son sac, un très beau sac en crocodile, très vaste, et en montra l'intérieur à Hubert.

— Votre portefeuille est là, avec tout le reste. Vous le prenez maintenant ?

— Bien sûr.

Il remplit ses poches, remit son bracelet-montre à son poignet et remercia le garçon qui apportait les consommations. Ils choquèrent leurs verres en se regardant, sans dire un mot, et burent quelques gorgées. Hubert saisit la main d'Eva sous la table et dit :

— Allez-y, mon cœur. Je vous écoute...

— Je voudrais bien savoir d'abord pourquoi je devais partir aussi vite de chez moi...

Il le lui expliqua rapidement. Elle parut soulagée.

— C'était pour ça ! J'ai rencontré M. Yamanaka, en arrivant là-bas. Il m'a prise dans un coin en réassurant qu'il était mon ami, qu'il avait beaucoup d'estime pour moi, qu'il ne voulait pas s'occuper de ce qui se passait chez les voisins, que l'on ne savait jamais ce qui pouvait pousser les gens à faire telle ou telle chose... Que, quoique mon mari ait pu faire, c'était quand même mon mari et qu'il saurait tenir sa langue...

Hubert était abasourdi, mais cela cadrait assez bien avec le personnage.

— Sans blague ?

— Comme je vous le dis. Évidemment, ne sachant pas de quoi il voulait me parler, j'avais l'air d'une idiote. Il a cru que je n'avais pas confiance en lui et a paru vexé...

Elle fit claquer les doigts de sa main libre et ajouta :

— Il faut absolument arranger ça. Mais, comment...

Hubert, qui n'était jamais à court d'invention, proposa :

— Écoutez... J'ai vu dans certain magasin de Tokyo des mannequins de caoutchouc gonflables... Si vous lui racontiez quelque chose dans ce goût-là... Que c'était un mannequin bourré de sable, que je voulais faire une blague à un copain... Vous voyez le genre ?

— Très bien. Les Japonais adorent les blagues et les « gadgets ».

— Il n'a pas eu le temps de bien voir, il s'est sauvé tout de suite comme s'il avait eu le diable à ses trousses.

— Je comprends ça. Je vais l'appeler maintenant. Comme ça, nous serons fixés...

Elle se leva. Hubert en fit autant.

— Je vous accompagne.

— Ce n'est pas la peine. D'ailleurs, vous ne comprendrez rien à la conversation...

— Le son de sa voix me rassurera ou non.

Il dit au garçon qui avait cessé de s'intéresser à la télévision pour les observer :

— Nous revenons tout de suite.

Ils quittèrent le bar et remontèrent dans le grand hall, qu'ils traversèrent. Hubert demanda un jeton à la dame du vestiaire et le remit à Eva. Ils entrèrent dans la cabine, c'est-à-dire que la jeune femme se tassa dans le fond et que Hubert prit la place de la porte...

M. Kimiko Yamanaka était chez lui, ce qui prouvait au moins qu'il ne dépensait pas tout son temps à se tromper d'étage ou à errer dans l'escalier ou dans le hall de l'immeuble. Eva se lança dans une longue explication, ponctuée de petits rires qui trouvèrent bientôt un écho à l'autre bout du fil. Pour finir, on n'entendait plus que le fou rire du Japonais. Hubert pensa que ce brave homme était d'une naïveté bien commode, mais qu'ils étaient des millions comme lui, toujours prêts à prendre des vessies pour des lanternes...

Ils retournèrent au bar, pleinement rassurés.

— Vous êtes content ? demanda Eva. Nous pouvons maintenant rentrer chez nous sans avoir peur...

— Vous avez été magnifique, mon cœur. Absolument magnifique...

Il le pensait : Eva Davidson était une comédienne de premier ordre et son charme ne faisait qu'ajouter à cette puissance de persuasion dont elle usait avec tant de bonheur. Mise à bonne école, elle aurait pu devenir un agent secret tout à fait exceptionnel.

Ils retrouvèrent leurs sièges. La télévision continuait de monopoliser les attentions, leur permettant de parler à leur aise. Elle put enfin lui raconter ses aventures depuis la veille.

Trois hommes, trois Japonais, l'avaient enlevée à la sortie du Benibasha, utilisant sa propre voiture. Ils lui avaient recouvert la tête d'une cagoule pour l'empêcher de voir le chemin suivi. Ils étaient arrivés dans une belle propriété et on lui avait enlevé la cagoule avant de la faire descendre de l'auto. Ils étaient entrés dans une grande maison japonaise dont la majorité des pièces semblaient avoir été transformées en bureaux.

Dans l'une de ces pièces, on avait commencé à l'interroger. Ils étaient persuadés qu'elle se livrait à l'espionnage et voulaient savoir pour le compte de qui. Elle avait refusé de répondre. Ils ne l'avaient pas maltraitée, bien qu'à un certain moment ils aient fait venir pour l'impressionner un monstrueux bonhomme qui devait être un ex-sumotori. Puis un coup de téléphone l'avait tirée d'affaire. Ils étaient partis précipitamment et le sumotori l'avait emmenée dehors et enfermée dans le *kura*, où elle avait pu disposer d'un matelas ouaté.

— Ils sont revenus me chercher à l'aube, continua-t-elle. Un gros camion démarrait, chargé de matériel. Ma voiture n'était plus là. Ils m'ont emmenée dans une autre. Ils m'avaient dit avant de partir qu'ils étaient des agents officiels des services spéciaux japonais et m'avaient montré des cartes d'officier de renseignement…

Elle vida son verre. Hubert fit claquer ses doigts pour attirer l'attention du garçon et lui demanda par signes de renouveler les consommations. Eva lui caressa doucement la main.

— J'avais très peur pour vous, murmura-t-elle.

Ils attendirent que le garçon eût fini de les servir.

— Et après ? demanda Hubert. Où avez-vous été ?

— Dans un grand immeuble du centre de la ville. Bureaux confortables, officiers en uniforme… Ils ont recommencé à m'interroger. Étant fixée sur ce qu'ils étaient, je n'avais plus rien à gagner à me taire. Je leur ai dit pour qui je travaillais et qu'ils pouvaient vérifier…

— Ils ont été surpris ?

— Plutôt ! Et visiblement ennuyés. Ils m'ont enfermée dans une pièce vide puis, vers dix heures, un type très correct est venu me dire que j'étais libre de rentrer chez moi, qu'il s'agissait d'une regrettable erreur, qu'ils me priaient de les excuser et de bien vouloir leur envoyer la note pour les dégâts commis dans mon appartement. Enfin, sans explication, ils m'ont remis un paquet contenant vos vêtements et objets personnels. Ce qui m'a permis de supposer qu'ils vous avaient arrêté, vous aussi, mais que vous leur aviez faussé compagnie… en tenue d'Adam.

— C'est exactement ça, mais allons déjeuner. Je vous raconterai en mangeant.

Il rappela le garçon, paya, laissa par habitude quelques pièces de monnaie sur la table. Eva les ramassa et les lui rendit.

— Le pourboire n'existe pas au Japon, monsieur !

— C'est tellement bizarre que j'ai du mal à m'y faire.

— Où m'emmenez-vous ?

— Il y a un excellent Prunier, dans cet hôtel, et j'ai des envies de fruits de mer.

Ils partirent par la galerie marchande, passèrent devant le bureau de poste, remontèrent par l'annexe moderne. Deux jolies filles en kimono les accueillirent à la porte de chez Prunier[1]. Ils entrèrent. Ce maître d'hôtel les conduisit à une table et leur remit des menus. Le genou d'Eva toucha celui d'Hubert.

– Regardez là-bas, droit devant vous, murmura-t-elle.

Il jeta un coup d'œil par-dessus le carton et la reconnut tout de suite. Elle portait une robe claire très élégante et se trouvait en compagnie d'un gros monsieur que son allure et ses vêtements désignaient comme un Européen...

– C'est elle, n'est-ce pas ? demanda Eva.

Oui, c'était bien elle, Tetsuko Takada, la délicieuse Tetsuko. Sans doute était-elle là dans l'exercice de son métier, en train de tirer les vers du nez de ce gros type qui la dévorait littéralement des yeux, très fier, l'imbécile, de s'exhiber avec cette jolie fille aux yeux bridés. Hubert se dit que le moment venu elle enverrait sûrement ce gros lard au bain, lui aussi, et qu'il se retrouverait enfermé quelque part, simplement vêtu d'un léger peignoir de coton fleuri bien trop étroit, en compagnie d'un énorme sumotori dont le physique serait sans commune mesure avec celui de l'élégante Tetsuko.

Du rêve à la réalité...

– C'est elle ou ce n'est pas elle ? insista Eva.

– C'est bien elle.

Une jeune femme en kimono violet vint prendre leur commande. Elle avait un visage mongoloïde, avec

---

1. Il existe deux restaurants Prunier à Tokyo, un dans les dépendances de l'hôtel Imperial, l'autre dans le Nikatsu Building.

un front bas et des pommettes haut perchées. Hubert pensa qu'elle devait être originaire d'Hokkaido, la plus septentrionale des îles japonaises. Elle en avait exactement le type physique.

Ils demandèrent des huîtres et de la langouste. Puis, Hubert raconta ses aventures nocturnes.

— Conclusion, dit Eva quand il eut terminé, je vous ai lancé sur une fausse piste. Cette fille n'avait rien à voir avec celui qui nous occupe... Je ne pouvais pas savoir, évidemment.

Une serveuse en kimono blanc à fleurs multicolores leur apporta les huîtres. La serveuse était jolie et les huîtres énormes. Hubert sourit aux deux, puis répondit à sa compagne.

— Puisque vous les avez vus ensemble, elle connaît sûrement votre Nippon bien nippé. C'est d'ailleurs après que je lui aie parlé de ce type qu'elle a dû téléphoner à son service et que des instructions lui ont été données pour m'attirer dans le piège...

— Je ne comprends pas pourquoi ils ne vous ont pas arrêté à la sortie du Benibasha, comme ils ont fait pour moi.

— Tout simplement parce que l'équipe était occupée avec vous et qu'elle ne pouvait me faire attendre à la porte du cabaret. Il fallait gagner du temps...

Ils mangèrent un instant sans parler, puis Hubert annonça :

— J'ai rendez-vous cet après-midi avec un colonel des services spéciaux japonais. Ils sont sûrement sur la même affaire que nous et doivent connaître le Nippon bien nippé. J'espère qu'ils accepteront de collaborer...

Eva Davidson faillit s'étrangler et se mit à tousser douloureusement dans sa serviette. Hubert lui tapota le dos. La serveuse en kimono violet approcha. Eva finit par se calmer. Elle baissa la serviette. Ses beaux yeux étaient pleins de larmes.

– J'ai avalé de travers, prononça-t-elle avec difficulté.

Il lui fit boire un peu d'eau fraîche. Elle respira mieux et sortit un miroir de son sac.

– Je dois être affreuse.

Le mascara avait un peu coulé sur ses paupières. Elle l'essuya délicatement, avec un coin de la serviette.

– Ça va ? questionna-t-elle en offrant son visage à Hubert.

Il fit une grimace affirmative.

– Ces huîtres japonaises sont tellement grosses, dit-elle en manière d'excuse.

Elle toussota encore un peu, puis se remit à manger.

– Ce qui serait drôle, reprit-elle après un certain temps, c'est qu'elle ne soit pas au courant de l'évolution de la situation et qu'elle nous croie échappés tous les deux.

– Elle aurait déjà téléphoné.

– Vous croyez qu'elle nous a vus ?

– Elle ne nous regarde pas, mais elle nous a vus. Soyez-en certaine...

Au même instant, Tetsuko se leva, aidée par son compagnon, et traversa seule en direction de la porte. L'homme se rassit et alluma une cigarette.

– Où va-t-elle ? s'inquiéta Eva.

– Si vous le permettez, répliqua Hubert, je vais aller voir... Excusez-moi.

Il quitta la table, franchit les portes, passa devant le vestiaire. La jolie Japonaise n'était pas là. Il continua jusqu'au couloir, jeta un coup d'œil à droite, puis à gauche...

Tetsuko était immobile, à dix mètres de là, et lui souriait. Il la rejoignit.

– Bonjour, dit-il. C'est moi que vous attendiez ?

Elle répondit par un signe de tête affirmatif, sans cesser de sourire ; mais son sourire n'avait rien d'ironique, c'était un sourire plein de gentillesse, juste un peu navré.

– Je n'espérais pas vous revoir si vite, très chère.

Elle lui toucha le bras et dit :

– Venez. Ne restons pas là...

Ils s'éloignèrent dans le couloir dont le tapis étouffait le bruit de leurs pas.

– Je vous remercie pour la petite promenade de cette nuit, lança-t-il. C'était très divertissant.

Elle le regarda, son sourire ayant disparu.

– Vous m'en voulez ?

– Non, répondit-il avec sincérité.

– J'aurais été désolée, vraiment. Je vous trouve très sympathique... Vous me plaisiez beaucoup.

Il ne put s'empêcher de rire.

– Puisque nous en sommes au chapitre des déclarations, permettez-moi de vous en dire autant. J'ai beaucoup regretté, et je regretterai toujours cette nuit ratée. J'aurais préféré la passer dans vos bras...

Elle fut un court instant l'image même de la confusion. Puis, très légèrement ironique, elle demanda :

– Comment va votre femme ?

– Très bien, merci. Et votre fiancé ?

– Ce n'est pas mon fiancé... Toujours aussi insupportable.

Elle lui prit la main.

– On fait la paix ?

– Bien sûr.

Il lui baisa le bout des doigts.

— Quand nous revoyons-nous ? J'ai des tas de choses à vous dire et à vous demander…

— Je suis tous les soirs au Benibasha.

Il sourit, découvrant ses dents de loup.

— Je ne peux pas esquinter votre client en titre chaque soir.

— Venez à la fermeture. Je me rendrai libre.

— D'accord, mais cette fois c'est moi qui vous emmènerai où bon me semblera.

Elle rit. Sa voix et son rire évoquaient tous deux un gazouillis d'oiseau.

— Au revoir, dit-elle soudain. Et peut-être à ce soir…

— À ce soir, poupée d'amour.

Elle repartit à rire. Il la quitta et regagna la salle du restaurant. Son regard rencontra celui d'Eva, dur, presque hostile. Il en éprouva un choc.

— Des ennuis ? questionna-t-il en reprenant sa place.

Pas de réponse. Il l'examina. Elle se tenait raide, tête haute, visage crispé… Sa jolie main, sur la nappe, tremblait légèrement.

— Eva ! Que se passe-t-il ?

Elle répondit très bas, presque sans desserrer les dents :

— Vous croyez peut-être que c'est agréable pour une femme d'être abandonnée de cette façon devant tout le monde ? Vous le croyez, peut-être ?

Stupéfait, il essaya de poser sa main sur le bras de la jeune femme, mais elle se déroba d'un mouvement nerveux.

— Ne me touchez pas ! gronda-t-elle. Vous sentez encore le parfum de cette fille !

Il lui fallut un peu de temps pour comprendre.

– Quoi ? s'exclama-t-il. Vous me feriez une scène de jalousie ?

Elle haussa les épaules.

– Jalouse ? Moi ! De qui, Seigneur ?

Il voulut la raisonner.

– Écoutez-moi, Eva. Soyons sérieux… Il arrive à chaque instant que des hommes, ici, se lèvent pour aller téléphoner. Les affaires…

– Je ne veux pas entendre vos explications, elles ne m'intéressent pas. D'ailleurs, je m'en vais…

Elle se leva, manquant renverser sa chaise. Il en fit autant. Elle attrapa son sac et marcha rapidement vers la sortie. Il la suivit des yeux, puis se rassit. Il était furieux.

– Après tout, marmonna-t-il, elle me casse les pieds.

Mais, au fond de lui-même, il était ennuyé. Plus qu'ennuyé, malheureux.

9

Hubert consulta sa montre pour la dixième fois depuis qu'il était arrivé. Bientôt quatre heures. Dans quelques instants, il allait être obligé de partir pour son rendez-vous avec le colonel Kawaishi.

Il sortit de la salle de bains et regarda le lit bouleversé sur lequel avait été étranglé ce malheureux Japonais des services spéciaux. Il se demanda si cela n'empêcherait pas Eva de dormir.

Mais que pouvait-elle bien faire, bon sang ! Pourquoi ne rentrait-elle pas ? Il avait pris son temps pour terminer son déjeuner, puis s'était fait transporter en taxi jusqu'à l'appartement, espérant y trouver la jeune femme revenue à de meilleurs sentiments.

Elle n'était pas là.

La colère commençait à l'étouffer. Il était capable, dans l'exercice de son métier, de faire preuve d'une incroyable patience ; mais, dans la vie courante, il ne pouvait supporter qu'on le fît attendre.

— Il faut que je sorte d'ici, gronda-t-il à haute voix. Sinon, je vais devenir fou...

Il passa dans le couloir, attrapa son imperméable, se ravisa, entra dans la salle de séjour, écrivit un mot sur une feuille de son carnet : « Serai de retour vers sept heures. Prière de m'attendre. Mel », déchira la feuille, la mit bien en évidence sur la table… et entendit une clé tourner dans la serrure de la porte d'entrée.

Il fut dans le couloir comme elle refermait le battant avec son dos. Elle avait un air pitoyable.

— Ah ! vous voilà enfin ! lança-t-il avec acrimonie.

Elle fit deux pas, tête baissée, posa son sac sur le meuble du vestibule, avala péniblement une salive réticente, puis releva lentement la tête et le regarda…

Elle lui offrait un visage bouleversé et ses grands yeux clairs exprimaient un terrible désarroi. Elle gémit :

— Oh ! Mel… C'est affreux. C'est tellement affreux, ce qui m'arrive…

Elle fléchit sur ses genoux et il se précipita pour la soutenir. Il la serra contre lui. Elle lui entoura le cou de ses bras, son visage bascula, lèvres ouvertes…

— Oh ! Mel ! Mel ! Que vais-je devenir ?

Il lui soutint la nuque dans le creux de sa main mise en coupe, colla sa joue contre celle de la jeune femme.

— Calmez-vous, mon cœur. Et racontez-moi ce qui se passe…

Sa colère s'était envolée comme une plume dans le vent. Elle était là, dans ses bras, et elle avait besoin de lui. Il était heureux.

— Dites-moi, mon cœur…

Elle avait les jambes molles et se pendait à lui, imposant à leurs corps le plus étroit des contacts.

— Mel, mon chéri, est-ce que vous m'aimez ?

La question lui fit un peu l'effet d'une douche. C'était exactement cette question qu'il refusait de se poser depuis deux jours. Il n'avait pas le droit d'aimer. Il n'est pas de métier où l'on meurt plus sûrement du cœur que l'espionnage. Il se raidit. Elle dut le sentir et n'attendit plus de réponse.

— Mon chéri, je crois... Je crois que je vous aime. C'est venu tout d'un coup, ce midi, quand vous étiez avec cette fille... Je ne m'en étais pas rendu compte... Qu'allons-nous devenir, Mel ?

Il était tiraillé entre deux sentiments, également forts. Il avait envie, une envie folle, d'accepter sans plus réfléchir cette chose merveilleuse qui lui était offerte et qu'il avait tant désirée ; mais l'instinct de conservation, profondément ancré en lui, lui criait de résister, de prendre ses jambes à son cou et le premier avion en partance pour le Mainland[1].

Il ne devait jamais savoir qui des deux avait comblé le vide. Il sentit soudain les lèvres d'Eva Davidson toucher les siennes. Des lèvres tendres, fraîches et humides, fondantes et d'une incroyable douceur. Il cessa brusquement de lutter et lui rendit son baiser. Fougueusement. Passionnément.

Il ne devait jamais très bien savoir, non plus, qui des deux avait entraîné l'autre dans la chambre. Ils se retrouvèrent sur le lit, sur ce lit où, une douzaine d'heures plus tôt, un homme avait été étranglé par un inconnu. Mais elle n'y pensait pas et il n'y pensait plus. Ils ne pensaient qu'à une chose, à la même chose.

Elle se dégagea soudain et dit doucement :

— Un instant, Mel. Je ne voudrais pas froisser mon tailleur.

Elle lui échappa et se mit debout. Il la regarda ôter sa veste, puis la jupe. Elle était en combinaison de soie rose, adorable et affolante...

Mais Hubert ne la regardait plus. Il venait de voir la pendulette sur la table de chevet. Quatre heures vingt.

1. Le grand pays. C'est ainsi que les citoyens des États-Unis vivant à l'étranger appellent leur patrie.

Était-ce possible ? Il lui semblait que quelques minutes à peine s'étaient écoulées depuis le retour de la jeune femme… Quatre heures vingt ! S'il partait maintenant, il pouvait encore arriver à temps à son rendez-vous avec le colonel Kawaishi…

S'il partait maintenant !

Eva se rapprocha du lit. Elle allait de nouveau s'étendre près de lui, leurs corps allaient de nouveau se toucher. Il comprit que s'il attendait une seconde de plus, ce serait trop tard. S'il la reprenait dans ses bras, il n'aurait plus le courage de se relever.

Il fallait choisir entre la possession de cette femme dont il ne pouvait plus se dissimuler qu'il était follement – c'était bien le mot qui convenait – amoureux, et son devoir…

Il se retrouva debout, par réflexe plus que par volonté. Elle se figea, un genou déjà posé sur le lit, espérant encore qu'il ne s'était relevé que pour se dévêtir…

— Le colonel Kawaishi m'attend à cinq heures, dit-il d'une voix méconnaissable. Il faut que j'y aille… Je ne serai pas longtemps parti. Je… Je ferai très vite.

Elle devint très pâle. Il ferma les yeux pour ne plus voir la décomposition de ce visage qu'il venait de couvrir de baisers. Elle s'abattit sur le lit, secouée de sanglots secs qui lui montaient des entrailles.

— Je suis navré, dit Hubert. Vraiment navré…

Il se sentit stupide. Il reprit, avec difficulté :

— Je vous aime beaucoup, Eva. Mais il faut que je parte…

Il tourna les talons et marcha vers la porte, avec l'impression que les semelles de ses chaussures étaient de plomb. Elle dit, d'une voix sans timbre qui le fit frissonner :

— Si vous partez maintenant, vous ne me reverrez jamais plus.

Il s'immobilisa. La pensée lui était venue qu'il pouvait appeler Babcock et lui demander de faire reporter le rendez-vous à plus tard, au lendemain matin. Mais il se souvint que Babcock lui avait fait une réflexion concernant son attitude à l'égard d'Eva. Il pourrait deviner, et si cela s'ébruitait…

Autre chose, de plus obscur, qu'il n'aurait su définir, le poussa vers la porte. Il était, sans le savoir, comme un homme à la mer, en danger de se noyer, qui nage d'instinct vers le rivage.

Il avait repris son imperméable et se disposait à sortir, lorsqu'il s'entendit appeler. Il se retourna. Eva venait vers lui, pâle, rigide, comme une statue de plâtre.

— Puisque vous partez quand même, dit-elle de cette voix sans timbre qui le rendait malade, prenez ma voiture. Elle est en bas, voici les clés.

Elle les prit dans son sac et les lui donna. Il essaya de lui baiser la main, mais elle la retira vivement.

— Allez ! reprit-elle sèchement.

Il sortit, accablé. La porte se referma violemment derrière lui. C'était fini. Il en éprouva une sorte d'intense soulagement. Mais son cœur saignait.

Il descendit à pied, sans même se rendre compte de ce qu'il faisait. Son cerveau ne fonctionnait plus. Il était épuisé, comme s'il avait marché pendant vingt-quatre heures sans s'arrêter.

Il arriva sur le trottoir. Le soleil brillait sans grand éclat. Il marcha jusqu'au coin de la rue, aperçut la Chevrolet jaune et noire…

Il mit le contact, appuya sur la pédale des gaz. Rien ne se produisit. Il vérifia machinalement la position du levier des vitesses, le démarreur ne pouvant fonctionner que si la boîte se trouvait au point mort ou bloquée en « parking ». Le sélecteur était en « P ». Il essaya de nouveau, sans plus de succès, appuya sur le cerclo-avertisseur… Plus de courant. La batterie était vide. Pas de manivelle. Impossible de partir à la roulette avec la boîte automatique.

Il descendit en pestant et aperçut un taxi qui approchait. Miraculeusement… Il ouvrit la portière et se disposait à monter lorsqu'il entendit une voix derrière lui.

— Allez-y, monsieur Davidson. Et ne faites pas l'imbécile si vous tenez un tant soit peu à la vie…

Il se redressa légèrement, gardant ses mains bien en évidence, et regarda de côté dans une vitre qui formait miroir. L'homme, de type asiatique, se tenait à quatre pas en arrière, assez loin pour éviter toute surprise. Il braquait un automatique muni d'un silencieux et camouflé dans un foulard enroulé.

La présence du danger agissait toujours de la même façon sur Hubert. Il retrouva instantanément toute sa maîtrise de soi et sut dans le même temps ce qu'il allait faire.

Une petite voiture tournait lentement au coin de la rue, à la recherche d'une place pour garer. Excellent. Hubert fit semblant d'obéir, monta la tête en avant et prit son élan. Sa main droite accrocha la poignée de l'autre portière qui s'ouvrit. Il plongea dans l'ouverture. Un remarquable « roulé-boulé » avant et il se retrouva sur ses jambes, sans aucun mal, juste à temps pour échapper à la petite voiture, dont le conducteur, regardant ailleurs, ne l'avait pas vu.

Hurlement des pneus sur l'asphalte. Imprécations. Hubert courait déjà sur l'autre trottoir, en direction de l'avenue, suffisamment fréquentée pour lui assurer une relative sécurité.

Il s'arrêta un court instant au coin pour observer ses arrières. Le faux taxi fuyait déjà à toute allure, alors que la petite voiture restait sur place, le conducteur cherchant probablement à comprendre...

Hubert pensa que ses agresseurs allaient sûrement faire le tour du bloc pour essayer de le retrouver. Il devait donc disparaître rapidement pour éviter de nouveaux ennuis. Il n'avait aucune envie de se battre en plein jour dans la rue. Trop spectaculaire à son goût...

Un grand taxi s'était arrêté trente mètres plus loin, déposant un client. Hubert courut, arriva juste à temps examina soigneusement l'intérieur du véhicule et s'y introduisit à reculons pour éviter toute surprise.

Le chauffeur attendait les ordres. Hubert, craignant d'être suivi, donna la première adresse qui lui vint à l'esprit :

– Teikoku.

Le Japonais eut un large sourire et embraya rapidement. Hubert se tassa dans un coin, essayant de se faire invisible. Il s'en voulait beaucoup d'avoir failli se laisser prendre aussi facilement. Il n'y avait aucune raison normale pour que la batterie de la Chevrolet se fût vidée en quelques minutes, comme une bouteille d'eau renversée sans bouchon. Cela lui était déjà arrivé de trouver en panne une voiture qu'il s'apprêtait à utiliser et, chaque fois, quelqu'un de mal intentionné s'était aussitôt manifesté pour lui fournir un autre moyen de transport.

S'il n'avait eu l'esprit occupé à ce point par la scène qui venait de l'opposer à Eva, il se serait méfié.

La conclusion à tirer de tout cela était que l'adversaire passait à la contre-attaque. L'immeuble devait être surveillé. Ils avaient vu Eva rentrer, mis la voiture hors d'usage et attendu.

Attendu qui ? Eva ou lui ? Hubert y réfléchit, mais ne put trouver. La seule hypothèse qui lui semblait plausible était que l'adversaire avait voulu le neutraliser, lui, afin de pouvoir reprendre tranquillement contact avec Eva…

Si c'était cela, la jeune femme était également en danger. Il se pencha en avant avec l'intention de prier le chauffeur d'aller plus vite. Mais il se rendit compte, dans le mouvement, que le Japonais conduisait déjà comme un pilote de « stock-car » engagé dans un grand prix de formules, et que le pousser davantage équivaudrait à une tentative de suicide.

Ils arrivèrent sains et saufs à l'hôtel Imperial. Hubert paya, cependant qu'un chasseur de l'établissement lui ouvrait la portière. Il descendit, pénétra dans le grand hall, tourna tout de suite à droite pour aller acheter un jeton à la demoiselle du vestiaire-consigne et s'enferma dans la cabine voisine.

Eva Davidson répondit aussitôt et un frisson lui courut sur la nuque dès qu'il entendit sa voix.

— Mel, à l'appareil. Vous êtes seule ?

— Oui, pourquoi ? répliqua-t-elle sèchement.

— Écoutez-moi, c'est très important.

— Je suis à vos ordres.

Elle était agaçante. Il respira profondément et reprit :

— J'ai été attaqué en sortant. Je pense que l'on voulait me tenir à l'écart afin de pouvoir prendre contact avec vous sans risquer d'être dérangé. Ce n'est qu'une opinion. Comme je me suis échappé, ils peuvent renoncer. On n'en sait rien. De toute façon, je vous demande de n'ouvrir à personne. À personne, vous m'entendez ?

— Je suis à vos ordres, répondit-elle avec résignation.

— J'ai une clé. S'il m'arrivait de la perdre, je me ferais reconnaître à la voix à travers la porte.

— J'ai compris.

— Même si c'est votre concierge, ou cet hurluberlu du dessus, n'ouvrez pas. C'est entendu ?

— J'ai promis de vous obéir aveuglément, répliqua-t-elle.

— Parfait. À tout à l'heure.

Il raccrocha brutalement, furieux contre elle et contre lui-même, et descendit au sous-sol pour gagner la rue voisine par la galerie marchande. Il passa ensuite sous le pont du chemin de fer et atteignit Ginza[1] avec la certitude que personne ne l'avait suivi. Il reprit un taxi et montra au chauffeur la feuille de papier sur laquelle Babcock avait inscrit en japonais l'adresse du colonel Kawaishi...

*

Le colonel Kawaishi était un homme d'un certain âge, grisonnant, portant moustaches, de petite taille et vêtu d'un veston noir sur un pantalon gris rayé, chemise blanche et cravate gris perle.

Il se leva pour accueillir Hubert et s'inclina en lui souhaitant la bienvenue. Il parlait anglais comme un Américain de Brooklyn, usant de l'argot avec beaucoup de facilité, ce qui, joint à son air compassé et à sa tenue d'une dignité désuète, donnait un effet assez comique.

— Je suis très content de vous connaître, affirma Hubert en prenant place dans le large fauteuil de cuir que lui désignait son hôte. Je regrette beaucoup ce malentendu qui nous a opposés la nuit dernière...

Le Japonais se cassa en deux et dit avec une politesse glacée :

1. Artère principale de Tokyo.

— Nous le regrettons beaucoup nous-mêmes. Nous nous sommes fourré le doigt dans l'œil et vous auriez pu être le dindon de la farce...

Il avait prononcé cela : « *to be left holding the bag* », avec l'accent nasillard adéquat.

— Il serait souhaitable que la CIA et votre service collaborent plus étroitement, afin d'éviter le retour de pareils incidents. Peut-être savez-vous déjà que vous y avez perdu un homme...

C'était l'instant délicat. Mais Hubert n'aimait pas tergiverser et il préférait liquider immédiatement ce sujet brûlant.

— Perdu ? répéta le colonel Kawaishi, après un lourd silence.

— Je n'en suis pas responsable et je vous en donne ma parole d'officier.

Le Japonais inclina la tête.

— Je vous crois, monsieur.

Hubert lui raconta comment il avait laissé l'homme, attaché et bâillonné, pour s'en aller à la recherche d'Eva Davidson, et comment il l'avait retrouvé étranglé au retour.

— *Holy cow !* Saperlotte ! lança le Japonais.

— Le corps vous sera rendu dès que vous voudrez... Vous pourrez vous mettre en rapport avec Babcock.

Un silence. Debout près de son bureau, très raide, la tête haute, le colonel Kawaishi semblait réfléchir. Finalement, il regarda Hubert et demanda, avec une brusquerie déconcertante :

— Qu'attendez-vous de moi ?

Le sourcil droit d'Hubert se releva en accent circonflexe. Il joignit ses doigts en dôme et répondit lentement, en choisissant ses mots :

— Mme Davidson est le centre d'une affaire qui nous intéresse directement et qui vous intéresse aussi puisque vous vous en êtes occupés. Je pense qu'il serait de notre intérêt commun de confronter nos informations et ensuite, si cela est possible d'envisager une action concertée…

Le Japonais fit une moue. Pour une raison que Hubert ne devinait pas, la proposition ne paraissait pas l'emballer. Il répondit à côté de la question, par une autre question :

— Vous n'êtes pas le vrai Mel Davidson ?

Hubert Bonisseur de la Bath regarda le colonel Kawaishi droit dans les yeux.

— Non, admit-il. Je ne suis pas le vrai Mel Davidson. Je suis un officier de renseignements, comme vous… Je croyais que Babcock vous l'avait expliqué.

— Vous auriez pu être un officier de renseignement et, en même temps, l'époux de Mme Davidson.

Ces digressions, qu'il estimait inutiles, commençaient à énerver Hubert. Il essaya de ramener la discussion dans le bon chemin :

— Je vous dis ce que nous savons sur cette affaire et vous me mettez au courant de ce qui a déclenché votre action. Ces échanges d'informations sont d'ailleurs prévus par le traité…

Le Japonais l'interrompit :

— Je vous écoute.

Hubert aurait préféré ne pas commencer. Mais Babcock l'avait autorisé à parler et, d'autre part, cette histoire de type étranglé dans l'appartement d'Eva le mettait un peu en état d'infériorité. Il avait donné sa parole d'officier qu'il n'était pas responsable de cette mort, mais l'autre restait libre de le croire ou non. Dans le monde de l'espionnage, où tous les coups sont permis, une parole n'est jamais cotée très cher. Hubert le savait parfaitement et ne pouvait s'en froisser. Il entreprit donc de faire un résumé des aventures d'Eva Davidson telles qu'il les connaissait lui-même.

Le colonel Kawaishi l'écouta d'un bout à l'autre sans l'interrompre. Il s'était mis à marcher de long en large derrière son bureau avec la régularité d'un métronome, les mains enfoncées à plat dans les poches de son veston noir. Il continua ainsi après que Hubert eut terminé. Puis il fit face à son visiteur et dit sans le regarder :

— Nous avons eu notre attention attirée sur Mme Davidson par une dénonciation anonyme. Nous l'avons mise sous surveillance... Par exemple, nous vous avons suivis avant-hier soir au rendez-vous de la gare d'Asakusa. Votre conduite à tous les deux nous a paru suspecte et nous avons décidé d'intervenir, de donner un coup de sonde...

Hubert avait froncé les sourcils. Si Kawaishi ne mentait pas en affirmant que ses hommes les avaient filés ce soir-là, il devait disposer d'agents vraiment exceptionnels. Hubert avait pris les précautions d'usage, simple routine, pour déceler une possible filature. Il ne s'était aperçu de rien et cela ne lui était pas arrivé souvent d'être suivi aussi longtemps à son insu...

— Chapeau ! dit-il en s'inclinant.

Kawaishi lui jeta un bref coup d'œil, un peu surpris, et conclut :

— Nous aurions mieux fait de garder nos pieds propres.

— Vous ne pouviez pas savoir, dit Hubert d'un ton conciliant. Mais, puisque vous étiez là-bas avant-hier soir, vos hommes ont dû suivre également celui avec qui Mme Davidson avait rendez-vous ?

Le colonel Kawaishi alla se planter devant la fenêtre et se balança un instant sur ses semelles.

— Celui que vous avez filé vous-même jusqu'au Yoshiwara ?

— Oui, ce Japonais si élégant…

— Lorsque mes hommes vous ont vu pénétrer dans le *brothel* après lui, ils ont relâché un peu leur surveillance. Ce type a dû s'échapper par-derrière…

— Le « manager » de cette honorable maison était son complice. Il m'a entraîné dans le jardin où l'autre m'attendait. Je me suis réveillé un bon moment après, dans un lit…

Le colonel se retourna lentement. Une lueur d'amusement, presque imperceptible, flottait au fond de ses prunelles noires.

— Comme ça, ils étaient de mèche ?

— Je crois que votre service est mieux placé que le nôtre pour enquêter sur le personnel de cette maison…

— Nous allons nous en occuper. Certainement…

Hubert crut bon d'insister, car il connaissait la lenteur des Orientaux pour qui le temps n'a aucune importance.

— Il faudrait faire vite. L'adversaire s'est de nouveau manifesté, il n'y a pas une heure, en essayant de m'enlever alors que je quittais le domicile de Mme Davidson pour venir ici.

Le Japonais revint vers son bureau, s'y appuya d'une main et dit en regardant le plafond :

— Toute cette histoire me botte assez. Mais, malheureusement, ce n'est pas moi qui décide. Je vais en toucher deux mots au « Big Boss » quand vous serez parti…

Hubert commençait à le trouver agaçant.

— N'est-il pas possible de voir votre patron dès maintenant, ensemble ?

— Non, l'honorable « Big Boss » n'est pas visible comme ça. Voyons...

Il parut s'abîmer dans de profondes réflexions, sourcils levés, se caressant le menton d'une main distraite. Hubert devait faire un gros effort sur lui-même pour ne pas se laisser gagner par l'énervement. Il avait l'impression que son interlocuteur ne voulait pas s'engager, et il aurait bien voulu savoir pourquoi. Le Japonais continuant de réfléchir, Hubert lança :

Vous cherchez un moyen de m'envoyer gentiment sur les roses, hein ?

— *Keep your shirt on !* Ne vous excitez pas, répliqua sèchement l'autre. Voyons... Vous avez rendez-vous ce soir avec Miss Tetsuko... Eh bien, c'est parfait... D'ici là, j'aurai vu le « Big Boss »... Miss Tetsuko vous dira ce soir ce que nous avons décidé de faire pour collaborer avec vous.

Hubert trouva ce procédé bizarre et un peu vexant pour lui.

— Je suppose que Miss Tetsuko est quelqu'un de très important dans votre organisation ? demanda-t-il.

Le colonel Kawaishi ouvrit un coffret à cigarettes qui se trouvait sur le bureau et le tendit vers Hubert.

— Vous fumez ?

— Non, merci. Je vous parlais de Miss Tetsuko...

— Dans notre pays, la femme possède par tradition une place bien déterminée... Aux pieds de l'homme... Mais il est possible que cela ait changé depuis que nous avons perdu cette guerre...

Hubert comprit qu'il valait mieux renoncer. Le Japonais n'était pas disposé à entrer dans son jeu et rien ne pourrait l'y contraindre. Il se leva.

— J'espérais davantage de cet entretien, je ne vous le cacherai pas. Tant pis… Je souhaite que tout aille bien.

Le colonel s'inclina, toujours impassible.

— Tout ira bien. J'en suis absolument certain…

— Bonsoir, dit Hubert. Ne vous dérangez pas, je connais le chemin…

Il sortit, très déçu. Kawaishi en savait sûrement beaucoup plus qu'il n'avait bien voulu le dire. Les services japonais, mêmes secrets, n'avaient pas pour habitude d'arrêter des citoyens US sans raison valable. Bien qu'ils aient dissimulé jusqu'au bout leur qualité officielle, ils devaient être persuadés, au départ, de leur bon droit. Quelqu'un les avait donc induits en erreur…

Mais pourquoi ne voulaient-ils pas collaborer plus étroitement avec la CIA ? Ils avaient été attirés dans une chausse-trape et un de leurs hommes avait trouvé la mort… N'était-ce pas suffisant pour leur donner le désir d'une revanche ?

Hubert arrêta un taxi, recommanda au chauffeur, sans grand espoir, de conduire prudemment, et se laissa emporter. Il était obsédé par la pensée du colonel Kawaishi et de son attitude incompréhensible. Il existait bien un accord prévoyant des échanges d'informations entre les services de renseignements américains et japonais, mais cet accord avait le plus souvent joué à sens unique, les gens de la CIA répugnant à confier certains de leurs secrets à leurs anciens adversaires… D'après ce qu'il en savait, Hubert croyait que les Japonais avaient d'abord joué franc-jeu, puis qu'ils avaient fini par se lasser et par ne plus donner, à leur tour, que des tuyaux crevés ou fortement usagés…

Il s'aperçut soudain qu'ils arrivaient à Kôjimachi-Yonchôme et la surprise le fit sursauter. Il avait eu l'intention de voir Babcock pour lui rendre compte de son entretien et récupérer sa voiture. Sans doute avait-il donné l'adresse d'Eva par distraction…

Puisqu'il était là, autant monter aux nouvelles. Il paya le prix de la course et entra dans l'immeuble. L'ascenseur l'emporta, claquant bruyamment à chaque étage.

Il ouvrit avec sa clé et entra. Le vestibule était obscur.

— C'est moi ! lança-t-il. Où êtes-vous, Eva ?

Pas de réponse. Il sentit sa gorge se serrer, marcha très vite jusqu'à la chambre. Vide. La salle de bains. Vide. Il revint sur ses pas, entra dans la salle de séjour et fit jaillir la lumière.

Elle était là, tassée dans un fauteuil, au milieu du désordre, intacte. Il crut d'abord qu'elle continuait de lui faire la tête à la suite de la scène qui les avait opposés deux heures plus tôt. Mais ce n'était pas cela… Quelque chose avait dû se produire entre-temps, quelque chose de terrible…

10

Hubert Bonisseur de la Bath regarda un instant ce pitoyable visage que ravageaient l'angoisse et la peur. Il vint près de la jeune femme, mit un genou à terre et lui prit les mains.

— Eva, questionna-t-il doucement, que s'est-il passé ?

Elle répondit, de cette voix sans timbre qu'il connaissait déjà et qui le fit à nouveau frissonner :

— « Il » est venu.

Hubert sut immédiatement de qui elle voulait parler. « Il » ne pouvait être que son tourmenteur, ce Japonais bien habillé autant qu'insaisissable. Il remarqua qu'elle avait les mains glacées en même temps qu'il demandait :

— Comment est-il rentré ?

— Il avait une clé. J'ai cru que c'était vous, qui reveniez…

— À quel moment est-il venu ?

— Quelques minutes après votre coup de téléphone.

Hubert se traitait intérieurement de tous les noms. Il savait pourtant qu'ils n'étaient pas les seuls, Eva et lui, à posséder une clé de l'appartement. L'assassin de la nuit précédente n'avait rien fracturé et il n'était sûrement pas doué du pouvoir de traverser les murs. Comment avait-il pu oublier ce détail si important ? Il aurait suffi de convenir d'un mot de passe et qu'elle poussât les verrous intérieurs...

Il se releva.

— Un instant, Eva. Je reviens tout de suite...

Il visita rapidement toutes les pièces et les placards, puis alla verrouiller la porte d'entrée. Il tenait à être tranquille pendant que la jeune femme lui ferait son rapport.

Il revint dans la salle de séjour et prépara deux whiskies, pensant qu'un cordial ferait le plus grand bien à sa compagne. Elle but d'un trait, sans le regarder. Il reprit le verre pour la débarrasser.

— Va mieux ?

Elle fit un signe de tête affirmatif. Ses joues rosissaient et ses grands yeux effrayés reprenaient un peu d'éclat. Il but à son tour, attira un siège et s'installa devant elle, jambes contre jambes.

— Racontez, exigea-t-il en lui prenant les mains.

Le menton sur la poitrine, comme vidée de tout ressort, elle commença... Il était entré alors qu'elle se trouvait dans la salle de bains. Elle venait de remettre sa robe et refaisait son maquillage. Le visage impénétrable et cruel du Japonais était brusquement apparu dans le miroir. Elle n'avait pu s'empêcher de crier...

Hubert sentit qu'elle tremblait.

— Calmez-vous, Eva. Il n'y a plus rien à craindre, je suis là...

Elle se plia en deux, posant son visage sur leurs mains enlacées.

— C'est terrible ! bredouilla-t-elle avec une inquiétante nervosité. Je ne peux plus le supporter. Je ferais mieux de me tuer... Oui, je ferais mieux de me tuer.

Il se sentit accablé. Si elle en arrivait maintenant au *nervous breakdown*, tout était fini. Il la souleva et la fit asseoir sur ses genoux. Elle se nicha aussitôt contre lui, la tête dans le creux de son épaule.

– Je suis bien, comme ça, murmura-t-elle.

Il la laissa en paix un moment, pour lui donner le temps de se reprendre. Puis, lorsqu'il la sentit suffisamment détendue, il questionna :

– Vous l'avez vu dans le miroir… Que s'est-il passé ensuite ?

Elle déglutit avec peine.

– Il m'a ordonné de le suivre dans la chambre et de m'asseoir sur le lit. Lui-même est toujours resté debout…

– Que vous a-t-il dit ?

– Qu'il était à peu près sûr que je l'avais doublé en vous racontant toute l'histoire… Il croit que vous êtes vraiment mon mari… Il dit que vous êtes très courageux de vous attaquer à lui et à son organisation, mais que vous êtes fou de vous lancer dans une histoire pareille…

Elle fit une courte pause avant de poursuivre :

– C'est lui qui a tué votre prisonnier, cette nuit, ici… Il était persuadé que son premier chantage était devenu sans effet puisque vous étiez informé. Il lui en fallait un autre. Il a photographié le cadavre sur le lit, avec le décor de la chambre, puis il vous a fait photographier dans la rue, transportant le paquet avec Kimiko Yamanaka. Il prétend que celui-ci parlera le cas échéant…

Hubert pensa que c'était désormais sans importance. Avertis, les services spéciaux japonais arrangeraient l'affaire. Ce n'était pas leur intérêt d'amorcer une pareille bombe sous les pas de la CIA. Mais l'essentiel était que le Nippon bien nippé soit vraiment persuadé de tenir le bon bout…

– Que veut-il en échange de son silence ? demanda Hubert.

Eva Davidson respira profondément.

– Il veut un laissez-passer sur papier à en-tête de la CIA valable pour une visite de la base navale américaine USNFE 5. Il veut que ce laissez-passer lui permette de circuler librement partout à l'intérieur de la base…

Hubert siffla entre ses dents.

– Eh bien ! remarqua-t-il. Il n'y va pas de main morte ! Vous a-t-il dit ce qui l'intéressait particulièrement dans cette base ?

– Non.

Hubert avait posé la question pour le principe. Il n'attendait pas qu'elle lui répondît affirmativement.

– Quand veut-il ça ?

– Demain soir.

– Où ? Comment ?

– Il me préviendra au dernier moment, sans doute par téléphone.

– Prudent, hein ? Eh bien, madame, je crois que nous tenons enfin votre sale bonhomme. Car, cette fois, j'obligerai Babcock à marcher et nous y mettrons le paquet. À moins d'être Fantômas lui-même, votre phénomène ne passera pas une fois de plus à travers les mailles du filet. Vous pouvez me faire confiance…

– Dieu vous entende ! murmura-t-elle.

Ils restèrent quelques minutes sans parler. Hubert réfléchissait. Inconsciemment, ses mains caressaient le corps souple et tiède blotti contre le sien. Puis, Eva demanda :

— Comment s'est passée votre entrevue, avec les gens du SR japonais ?

— Assez mal. Le type que j'ai vu s'est montré plutôt réticent et je ne pense pas qu'ils veuillent nous aider. De toute façon, nous pouvons nous passer d'eux, maintenant…

— Vous ne les reverrez plus ?

— J'ai rendez-vous ce soir avec Miss Tetsuko, à la fermeture du Benibasha. Elle doit me mettre au courant des décisions prises, mais je ne garde aucune illusion…

La jeune femme bougea contre lui. Il sentit qu'une main se glissait entre sa chemise et sa peau. Des lèvres fraîches remontaient lentement sur sa joue.

— J'ai tant de choses à me faire pardonner, murmura Eva…

*

Hubert émergea soudain d'un sommeil profond comme la mort, comme une bulle d'air brusquement libérée de la vase remonte à la surface de l'eau. Un corps de femme, nu et chaud, reposait contre le sien, une cuisse douce et ferme pesait sur les siennes. Il se souvint de cette folie qui les avait saisis et poussés vers ce lit, Eva murmurant des mots sans suite, des phrases décousues qui voulaient exprimer sa terreur d'être à nouveau laissée seule, son besoin de protection, cette force irrésistible qui la poussait vers lui et ce désir, cette envie animale de tout oublier dans l'étreinte…

C'était fait. Il n'y pouvait plus rien.

Sa main se tendit vers la table de chevet, à la recherche de sa montre. Minuit dix. S'il se levait maintenant, il pouvait encore atteindre le Benibasha avant la fermeture et honorer son rendez-vous avec la toute charmante Tetsuko. Il bougea, avec l'intention de se lever, mais Eva l'entoura aussitôt de ses bras, cherchant sa bouche…

— Où vas-tu ?

Elle le caressait et il s'enflammait de nouveau. Après tout, il n'espérait plus rien des Japonais. L'attitude du colonel Kawaishi avait été décevante. Comme ce dernier, Tetsuko essaierait probablement de l'emmener en bateau. Ni oui, ni non. D'autre part, le Nippon bien nippé ayant repris de lui-même le contact, le concours des services spéciaux nippons n'offrait plus grand intérêt…

— Au septième ciel, répondit-il bouche à bouche.

— Tu veux que je t'y conduise ?

Il se laissa emporter…

11

James Kennedy ouvrit la porte et laissa passer Hubert. Henry Babcock était assis derrière sa table de travail, l'air renfrogné. Kennedy paraissant aussi de mauvaise humeur, Hubert pensa que l'on était samedi et que les deux hommes regrettaient leur week-end maintenant compromis.

— Bonjour, lança-t-il en s'installant dans un des fauteuils.

Babcock répondit par un grognement inarticulé.

— Je suis navré de vous avoir obligé à venir au bureau ce matin, enchaîna Hubert, mais la situation évolue avec rapidité et…

Kennedy l'interrompit :

— C'est sans doute à cause de cette évolution rapide que vous avez manqué hier soir le rendez-vous fixé par nos amis japonais ?

Hubert accusa le coup. Il ne s'y attendait pas.

— Ils ont appelé ?

— Oui, confirma Babcock. Le colonel Kawaishi a très mal pris votre désinvolture…

— J'en ai autant à son service, répliqua Hubert qui n'aimait pas se trouver sur la défensive. Ce type m'a très mal reçu. Pas du tout décidé à collaborer avec nous… (Il l'imita.) « J'en toucherai deux mots au “Big Boss” et Miss Tetsuko vous tiendra au courant. Nous ne savons rien, nous sommes partis là-dessus au pifomètre… » Bref, il s'est fichu de moi pendant un bon quart d'heure…

— Vous avez cru qu'il se fichait de vous, intervint Babcock, parce que vous les connaissez mal. Quand vous les aurez pratiqués autant que moi, vous ne vous formaliserez plus pour des choses de ce genre… J'ai eu l'impression, moi, qu'ils étaient au contraire tout à fait décidés à marcher avec nous la main dans la main.

Hubert haussa les épaules. Un sourire sarcastique retroussa ses lèvres pleines.

— Parce qu'il s'est rendu compte que son cinéma ne m'impressionnait pas et que nous n'avions pas besoin de lui autant qu'il l'avait cru tout d'abord.

— Admettons, dit Babcock. Que comptez-vous faire pour rattraper ça ?

— Rien.

Kennedy s'agita sur son siège. Babcock, sourcils froncés, leva sa main droite au-dessus de sa tête pour lisser ses cheveux plaqués. Le regard aigu de ses petits yeux bruns ne quittait pas celui d'Hubert.

— Comment ? s'étonna-t-il.

Très à son aise, Hubert expliqua :

— Kawaishi avait peut-être d'excellents motifs pour me traiter comme il l'a fait. Je n'en sais rien et ne veux pas le savoir. Je suis prêt à prendre une tasse de thé avec lui quand il voudra, dans quelques jours… Pour l'instant, nous avons autre chose à faire, de plus pressé.

Kennedy demanda soudain, hors de propos :

— Où en sont vos relations avec Eva ? Pas de scènes de ménage ? Entente parfaite ?

Hubert se tourna lentement vers lui. Il était furieux.

— Si cela vous amuse de faire le clown, commença-t-il…

Mais Babcock l'interrompit avec vivacité.

— Allons ! Allons ! Ne vous disputez pas. Kennedy est un blagueur incorrigible, il ne faut pas le prendre au sérieux.

— Il a peut-être de bonnes raisons de prendre cela au sérieux, persifla Kennedy.

Hubert se leva sans hâte.

— Je vais vous jeter par la fenêtre, prévint-il.

Sa voix était calme, son regard fixe et sans expression, sa respiration courte. Il marcha sur Kennedy, qui ne réalisait pas encore quel danger le menaçait. Mais, avec une agilité déconcertante pour un si gros corps, Babcock arrivait déjà pour s'interposer.

— Je vous en prie ! ordonna-t-il en barrant la route à Hubert. Pas ici. Si vous avez un compte à régler, allez au gymnase et mettez les gants.

— Excellente idée, approuva Hubert. Ce type m'agace…

Kennedy se leva. Il était pâle, mais tentait de faire bonne contenance.

— Puisque je vous agace, je m'en vais. C'est très simple…

— Bon voyage ! lança Hubert.

Babcock ouvrit la bouche pour retenir son adjoint, puis se ravisa. Il devait avoir compris qu'aucun travail sérieux ne pourrait être fait tant que ces deux hommes resteraient en présence l'un de l'autre.

Kennedy sorti, Hubert se détendit et sourit.

— Excusez-moi, Babcock, mais il me cherche… Bon, n'en parlons plus.

— Dites-moi plutôt pourquoi vous vouliez me voir…

Hubert marqua un léger temps, comme un acteur qui ménage ses effets :

– Le Nippon bien nippé s'est de nouveau manifesté. Et, cette fois, je crois que nous ne pourrons pas le rater...

Babcock avait repris sa place. Il allumait une cigarette.

– Je vous écoute.

Hubert répéta ce que lui avait dit Eva Davidson, lorsqu'il était rentré de son entrevue avec le colonel Kawaishi. Babcock prenait des notes en l'écoutant.

– Et voilà, conclut Hubert, je propose que nous lui donnions ce laissez-passer. Nous le laisserons pénétrer dans la base et nous le cueillerons à la sortie. Comme ça, nous l'aurons pris la main dans le sac.

Babcock ne semblait pas enthousiasmé.

– C'est évidemment très simple et très séduisant... en théorie, admit-il. Mais je crains que cela ne nous réserve des surprises dans la pratique...

Hubert leva son sourcil droit, ses narines se dilatèrent.

– Si nous prenons certaines précautions élémentaires, rétorqua-t-il, je ne vois pas bien quelles surprises peuvent nous attendre. Il faudra évidemment rédiger le laissez-passer de telle sorte que son emploi soit obligatoirement limité à la base navale n° 5. En outre, le type n'ayant avancé aucune exigence en ce qui concerne le délai de validité, nous pouvons fixer celle-ci à un seul jour ; demain, par exemple...

Babcock resta silencieux un moment, puis regarda Hubert et fit claquer sa langue contre son palais.

– Ce qui me chiffonne dans cette histoire, voyez-vous, c'est qu'il n'y a vraiment aucun secret à découvrir dans la base navale n° 5.

Hubert fronça les sourcils. Aucun secret... Puis il trouva une explication :

— Ce type croit peut-être le contraire. Vous savez comment ça se passe dans ce fichu métier. On reçoit davantage de tuyaux crevés que de bons...

— Bien sûr. Mais, tout de même, je trouve ça bizarre... Jusqu'à maintenant, ce type s'est montré très malin et le voilà qui risque un gros coup sur du vent...

Il écrasa dans un cendrier de porcelaine sa cigarette à demi consumée, puis en alluma une autre. Son visage de gros ourson était soucieux.

— Écoutez-moi bien, mon vieux, et réfléchissez avant de me répondre... Nous sommes samedi matin. Depuis mercredi soir, vous vivez en compagnie d'Eva Davidson. N'avez-vous pas l'impression que quelque chose cloche de ce côté-là ?

Hubert retint son souffle. Il n'avait pas très bonne conscience en ce qui concernait Eva.

— Je ne comprends pas très bien...

— Je vais essayer de m'expliquer plus clairement, reprit Babcock. N'avez-vous jamais eu, à aucun moment, l'impression qu'Eva Davidson menait un double-jeu ? Est-ce que rien, vraiment rien, ne pourrait vous faire soupçonner qu'elle nous mène en bateau ?

Hubert respira doucement. Il était plus déconcerté que furieux.

— Sa conduite peut quelquefois, évidemment, paraître bizarre... Mais il ne faut pas oublier que c'est une femme, avec tout ce que cela implique de coquetteries, de susceptibilités mal placées, de caprices imprévus et de manque de logique... En outre, elle se trouve embarquée dans une aventure dangereuse, sans aucune préparation. Pour ne rien vous cacher, elle est à moitié morte de peur, et ses réactions devant les événements doivent être interprétées en tenant compte de tout cela…

– Est-elle votre maîtresse ?

Hubert attendait cette question. Mais, pour beaucoup de raisons, il ne pouvait avouer.

– Non.

Bref silence. Babcock avait baissé les yeux. Il se racla la gorge.

– Êtes-vous amoureux d'elle ?

Ce fut au tour d'Hubert de se racler la gorge.

– Elle est plus que séduisante, reconnut-il, mais je ne suis pas amoureux d'elle.

Il savait qu'il mentait. Cela faisait vingt ans qu'il n'avait pas été toqué d'une femme à ce point-là. Babcock pianota quelques instants sur son bureau, puis annonça d'un ton léger :

– J'avais demandé une enquête à San Francisco. Elle est arrivée ce matin. Eva Davidson nous a menti…

Bouleversé, Hubert ne put que répéter :

– Menti ?

Babcock le regarda bien en face.

– Oui, mon vieux. Eva Davidson nous a menti. L'histoire édifiante de son mariage, l'amour qu'elle porte à son mari : des mensonges. La vérité, la voici…

Il ouvrit un tiroir de son bureau, en tira un rapport qu'il jeta devant lui.

– Elle a épousé Mel Davidson un samedi soir, à Las Vegas, dans une de ces *wedding chapels* où n'importe quel couple peut se marier en moins d'une heure, le pasteur se chargeant lui-même de toutes les formalités. Inutile de vous préciser qu'ils avaient l'un et l'autre abusé du whisky et qu'ils ont été très étonnés de se retrouver mariés le lendemain matin. Sombre dimanche, surtout pour Mel Davidson, qui appartient à une famille très fortunée et qui risquait tout simplement d'être déshérité à la suite de ce coup d'éclat. Eva refusant d'entendre parler de divorce, une séparation à l'amiable fut arrangée. On trouva pour la jeune épouse une situation au Japon, aussi loin que possible, et elle reçoit une rente mensuelle de la famille Davidson. Vous voyez le topo ?

Hubert se sentait soulagé. Il avait craint le pire.

– C'est tout ? questionna-t-il.

Babcock explosa :

– Ça ne vous suffit pas ? Souvenez-vous : la malheureuse petite épouse qui préférait mourir plutôt que son petit mari adoré apprenne qu'elle l'avait trompé avec un inconnu, un samedi soir où elle avait commis l'imprudence de noyer son cafard dans l'alcool. Pensez donc ! Le culte du souvenir ! Elle l'avait épousé un samedi soir après une cuite, et elle le trompait un samedi soir après une autre cuite. Leur meilleur souvenir saccagé, voyons ! Le pauvre chéri, il se serait tué de désespoir.

Hubert ne put s'empêcher de sourire.

– Vous ne voyez ça que par un bout de la lorgnette, Babcock, et par le mauvais bout. Eva Davidson n'était pas obligée de nous mettre au courant de ses affaires de cœur. Et la situation nouvelle ne change rien à l'efficacité du chantage dont elle a été victime. Je m'explique... Si je comprends bien, Mel Davidson, le vrai, serait tout disposé à divorcer. Mais Eva ne veut pas. Admettez que Mel Davidson reçoive les fameuses photos, il n'aura aucun mal à obtenir une séparation à son profit. Eva perdrait du même coup une source de revenus probablement importante...

– Cinq cents dollars par mois.

— Voyez ! Ce n'est pas par sentiment qu'elle a cédé au chantage, mais par intérêt. Ce n'est peut-être pas très joli, je vous l'accorde, mais c'est humain. Et elle a eu le mérite de choisir l'honnêteté lorsque sa conscience s'est révoltée. Je vous parie tout ce que vous voudrez qu'elle serait allée jusqu'au bout et aurait livré sans vergogne tous les secrets des États-Unis si l'amour seul avait été en jeu...

Babcock admit :

— Vous avez sans doute raison. Il n'empêche que vous devez vous tenir sur vos gardes en ce qui la concerne. Cette femme possède un pouvoir de séduction assez exceptionnel. C'est une sirène.

— Je suis toujours sur mes gardes, répliqua Hubert.

Mais sa voix manquait de conviction. Il ajouta :

— Ce Mel Davidson est bien difficile. Ou alors, c'est une marionnette aux mains de sa famille.

— J'ai oublié de vous dire qu'Eva n'offrait pas de suffisantes garanties de moralité. Elle avait été mêlée à quelques scandales retentissants...

Hubert s'étonna, refoulant la gêne que faisaient naître en lui ces révélations :

— Comment a-t-elle pu obtenir cette situation dans vos services, à un poste particulièrement délicat, si elle n'offrait vraiment aucune garantie de moralité ?

Babcock prit un air ennuyé.

— Concours de circonstances... Elle est entrée au service de l'Intendance de l'armée avec la recommandation du papa Davidson. Cela suffisait. Herbert Morton se l'est attachée en qualité de secrétaire particulière et l'a prise en affection. Lorsqu'il a été nommé ici, pour s'occuper du personnel, Morton s'est porté garant pour elle et a signé lui-même son contrat.

— Et voilà comment arrivent les ennuis, conclut Hubert d'un ton faussement désinvolte.

— Ouais, fit Babcock. Reparlons de votre truc... Je pense que nous pouvons risquer le coup. De toute façon, il n'y a rien à piquer à l'USNFE 5... Nous rédigerons ce laissez-passer de façon à limiter son emploi autant que possible. Au fait, comme ce type imagine-t-il qu'Eva puisse procéder pour lui procurer ce papier ?

Hubert se leva. Il en avait assez d'être assis.

— Je n'en sais rien. Il suppose sans doute qu'elle a du papier à en-tête à sa disposition, qu'elle connaît les formules à employer et qu'elle est capable d'imiter les signatures nécessaires...

— Bien sûr. Je vais donc faire établir ce laissez-passer, valable demain, pour une seule journée. C'est dimanche, la base sera presque vide et notre travail en sera facilité d'autant. Nous mettrons nos hommes en place à partir de minuit et demanderons l'assistance de la Sécurité navale. Tout ça est facile à organiser. Mais...

Alerté par ce « mais », Hubert s'immobilisa et regarda Babcock. Il se sentait mal à l'aise, nerveux, irritable, et n'arrivait pas à se défaire de l'idée d'une Eva Davidson menant aux États-Unis une vie de débauche et refusant ensuite de rendre sa liberté à ce type plein aux as épousé par surprise un soir de beuverie. Eva, si jolie, si désirable, si fascinante, si tendre, avec son air d'innocence et ses immenses yeux pâles qui semblaient ne rien pouvoir dissimuler...

— Mais, reprit Babcock, comme je ne veux prendre aucun risque, ma meilleure équipe sera ce soir au lieu du rendez-vous pour prendre le phénomène en filature et le « loger » si possible.

Hubert protesta vivement :

— Mais c'est stupide ! Cela peut tout faire rater. Il se rendra compte qu'il est suivi et il s'arrangera pour disparaître… Et vous pourrez toujours l'attendre demain ! Alors qu'il sera si facile de lui mettre la main dessus lorsqu'il ressortira de la base…

Babcock restait impassible.

— Ma décision est prise.

— Vous allez tout gâcher.

— Les hommes qui se chargeront de la filature ne sont pas des apprentis. Ils connaissent leur métier. Le type ne s'apercevra de rien.

— Ces choses-là se sentent. En ce qui me concerne, j'ai un sixième sens pour ça…

Il s'interrompit, embarrassé. Kawaishi lui avait dit que ses sbires l'avaient filé, le premier soir, et il ne s'était rendu compte de rien. Il pensa que, ce soir-là déjà, Eva occupait son esprit, alors qu'il était nécessaire, dans ce genre d'entreprise, de faire le vide pour se mettre en état de complète réceptivité.

— Je ne veux pas discuter. Il y a, dans tout cela, une certaine « facilité » apparente qui m'inquiète. Si ce type nous filait entre les doigts demain soir, nous ne saurions pas où le repiquer. Il ne va pas éternellement revenir nous tendre la perche…

— Faites comme vous voulez, capitula Hubert, je m'en lave les mains.

— Nous allons faire établir maintenant le laissez-passer. Nous en pèserons les termes ensemble. Ensuite, je vous conseillerai d'appeler Kawaishi et de lui raconter une histoire qui tienne debout pour votre défection d'hier soir…

Il appuya sur le bouton de l'interphone et demanda une secrétaire.

— Comment vous préviendrai-je de l'endroit et des modalités du rendez-vous si le type n'appelle qu'au dernier moment ? Il faut envisager qu'il ait pu brancher une table d'écoute sur la ligne.

— Nous conviendrons d'un code.

Babcock alluma une cigarette neuve.

— J'avais oublié de vous dire : lundi matin, nous aurons une copie du dossier japonais concernant Eva Davidson. Ils sont en train d'en faire une traduction…

12

Hubert Bonisseur de la Bath revint jusqu'au seuil de la chambre et demanda :

— Tu es prête ? Il va être neuf heures...

Eva sortit de la salle de bains. Elle était pâle et tendue. Il pensa que tout recommençait comme le premier soir. Mais, en trois jours, beaucoup d'événements s'étaient produits, et les moindres n'étaient pas qu'il fût tombé amoureux d'Eva, comme un collégien, et qu'elle fût devenue sa maîtresse.

Elle prit son manteau blanc dans la penderie et il se déplaça pour l'aider. On avait renoncé à lui faire porter un émetteur radio. Le Nippon bien nippé l'avait décelé au précédent rendez-vous et il n'y avait pas de raisons pour qu'il se montrât moins méfiant maintenant.

Le mystérieux Japonais avait téléphoné un peu avant huit heures et prononcé deux ou trois mots seulement avant de raccrocher. La traduction donnée par Eva était : « Mêmes instructions que pour mercredi dernier. »

Hubert trouvait cela bizarre. Il n'était pas d'usage, en matière d'espionnage, de donner rendez-vous deux fois de suite au même endroit et dans les mêmes conditions. C'était anormal, et deux hypothèses s'offraient à l'esprit : cet espion-là n'était qu'un amateur relativement habile, grisé par quelques succès et qui péchait maintenant par excès de confiance, ou bien l'imprudence n'était qu'apparente et dissimulait un piège.

— Nous partons ? questionna la jeune femme qui n'arrivait pas à dissimuler sa nervosité.

— Allons-y.

Elle boutonna son manteau et prit son sac à main. Il s'inquiéta :

— Tu as le laissez-passer ?

Elle ouvrit le sac et sortit à demi la grosse enveloppe qui contenait le document.

— Le voilà.

— Parfait.

Elle referma le sac. Ils gagnèrent le vestibule, éteignant les lumières derrière eux. Avant de sortir, elle se pressa contre lui.

— Embrasse-moi, supplia-t-elle. J'ai tellement peur...

Il l'étreignit. Leurs bouches se joignirent pour un baiser passionné, interminable. Ce fut elle qui se dégagea la première.

— Partons, dit-elle d'une voix décomposée.

Elle ouvrit la porte. Ils passèrent sur le palier. Elle allait refermer.

— Mon Dieu ! Les clés de la voiture...

Elle rentra. Hubert n'avait pas récupéré sa Buick et jugé inutile de se procurer un autre véhicule puisqu'il pouvait utiliser la Chevrolet de sa belle amie. Il appuya sur le bouton d'appel de l'ascenseur. Eva reparut alors que la cabine arrivait.

Elle lui tint la main tout le temps que dura la descente. Il la sentait effrayée, en plein désarroi.

— N'aie pas peur, dit-il d'un ton rassurant. Les meilleurs hommes de Babcock seront là pour te protéger. Tu ne les verras pas, mais ils seront partout...

Elle fit un pauvre sourire, accompagné d'un hochement de tête. Mais elle avait visiblement la gorge serrée.

— Tout ira bien, insista Hubert.

Ils quittèrent l'immeuble. La voiture était garée de l'autre côté de la rue. Ils traversèrent en se tenant par le bras.

— Je voudrais conduire, demanda-t-elle.

— N'es-tu pas un peu nerveuse ?

— Justement. Je crois que ça me ferait du bien...

Il ne voulait pas la contrarier pour si peu de chose. À cette heure de la soirée, la circulation était fortement réduite.

— Comme tu voudras, chérie.

Elle le remercia, prit le volant, après avoir posé son sac entre eux, puis démarra en direction de l'avenue K.

— Va doucement, recommanda-t-il. Nous ne sommes pas en retard.

Les hommes de Babcock devaient attendre à la station de métro de Kyôbashi. Hubert assurant la sécurité de la jeune femme entre l'appartement et ce point précis, il avait été convenu que les autres n'interviendraient qu'à partir de là. Certains d'entre eux suivraient Eva dans le métro, un second groupe prendrait le relais au terminus d'Asakusa. Il fallait en effet prévoir que le Nippon bien nippé pût intervenir pendant le trajet souterrain.

La Chevrolet roulait à quarante à l'heure en direction du palais impérial. Eva se tenait penchée sur le volant, crispée, et ses gestes habituellement si doux et si gracieux étaient brusques et saccadés.

— Surtout, reprit-il, n'oublie pas de rester aussi naturelle que possible. N'essaie pas d'apercevoir les hommes qui doivent te suivre. Cela te rassurerait peut-être, mais ferait sûrement tout rater…

Elle éclata de rire, sans raison apparente. Un rire nerveux, haut perché, désagréable.

— Qu'est-ce qui t'amuse ?

Elle prit un peu sèchement le virage devant la porte Hanzô mon, puis répondit :

— Excuse-moi, je me voyais marchant sur la pointe des pieds et me retournant à chaque pas pour scruter l'obscurité…

— Essaie de te détendre un peu, suggéra-t-il.

— Facile à dire.

— Je sais.

— Tu n'es jamais nerveux, toi ?

— Si, quelquefois. Mais je sais me dominer. Dans mon métier, il faut être maître de ses nerfs, ou alors…

Ils passaient devant le ministère de la Justice. Hubert se retourna pour observer leurs arrières. Il y avait beaucoup de chances pour qu'ils fussent filés. Quelques voitures, un tramway, roulaient sur leurs traces. De toute façon, c'était sans importance.

— On nous suit ? demanda Eva d'un ton angoissé.

— Je n'en sais rien.

Elle regardait fréquemment dans le rétroviseur. Ils longeaient le parc Hibiya. La voiture glissa latéralement sur les rails du tramway.

— Fais attention. Regarde devant toi…

— Tu as vu cette grosse auto derrière la petite Renault ? Elle était déjà là quand nous sommes partis…

Il se retourna de nouveau, mais n'eut pas le temps de voir. La Chevrolet faisait une embardée, escaladait le refuge de l'arrêt du tram…

— Freine ! hurla Hubert qui saisit en même temps le volant pour redresser.

Trop tard. Le pare-chocs heurta un mince poteau métallique qui se brisa et tomba sur la carrosserie. Projeté en avant, Hubert alla donner de l'épaule contre le tableau de bord. Des gens, qui attendaient le tramway, s'égaillaient dans tous les sens comme des moineaux affolés…

Hubert, surmontant la douleur, coupa vivement le contact, puis regarda Eva que le choc en retour avait renvoyée en arrière la tête renversée sur le dossier.

— Tu t'es fait mal ?

Elle se redressa pâle comme une morte.

— Non, répondit-elle. Un peu, ici…

Elle se frotta l'estomac, sous les seins.

— Le volant, dit Hubert.

Il ouvrit la portière de son côté et mit pied à terre. Les gens revenaient. Des voitures s'arrêtaient. Il fut bientôt entouré d'une foule jacassante, qui l'accablait de questions auxquelles il ne comprenait rien. Eva descendit à son tour. Il se porta vers elle.

— Comment te sens-tu ?

— Pas très bien. J'ai envie de vomir…

Elle traversa la chaussée en direction du parc. Une vingtaine de personnes entouraient maintenant la Chevrolet dont les portières étaient restées ouvertes. Hubert, qui ne voulait pas s'attarder, mobilisa quelques hommes de bonne volonté pour déplacer le poteau abattu. Le tramway avait dû s'arrêter, l'arrière de la voiture se trouvant sur son passage. Le poteau dégagé, Hubert fit reculer la Chevrolet en dehors des voies.

Eva revenait, blême, tremblante, se tamponnant la bouche avec son mouchoir. Hubert lui demanda de s'expliquer avec le conducteur du tramway qui commençait à s'énerver. Elle lui donna le nom de sa compagnie d'assurances, et son adresse.

— Il faut partir, dit Hubert. On va nous attendre…

Ils remontèrent dans l'auto, dont l'avant était endommagé. Hubert avait pris le volant. Il démarra doucement au milieu de la foule qui n'avait cessé d'augmenter. Eva chercha son sac sur la banquette et alluma le plafonnier.

— Je dois être affreuse, murmura-t-elle.

Elle ouvrit le sac pour y prendre son poudrier.

— Oh ! fit-elle d'un ton horrifié.

— Quoi ?

— L'enveloppe ! Le laissez-passer… Il n'est plus là.

—

13

Ils étaient quatre dans le bureau, silencieux et mornes. Le lieutenant de vaisseau Larry Eyston, chef des services de sécurité de l'USNFE 5, se leva et sortit, abandonnant sa veste galonnée sur le dossier de sa chaise.

— Où va-t-il ? demanda Eva.

Hubert se contenta, pour toute réponse, de hausser les épaules. Assis à l'écart, James Kennedy se limait les ongles tout en mâchant du chewing-gum. Hubert consulta sa montre : huit heures moins dix. Il s'arracha de son fauteuil et marcha vers la fenêtre. La nuit était tombée depuis longtemps et une brume épaisse noyait les installations de la base navale.

— Sombre dimanche ! lança Kennedy sans cesser de mâchouiller sa gomme.

Hubert se garda de manifester son approbation, mais il était parfaitement d'accord. Cela faisait plus de vingt heures qu'ils attendaient dans ce bureau que le mystérieux espion bien habillé vînt se jeter dans le piège tendu à son intention. Tous les postes de garde étaient sur les dents, mais la nuit puis la journée s'étaient lentement, très lentement écoulées, et rien ne s'était produit.

Personne n'était venu se présenter avec le laissez-passer volé dans le sac d'Eva, à la faveur de l'accident…

Il ne pouvait pourtant y avoir aucun doute. Un voleur ordinaire eût pris le sac pour l'argent ou les bijoux qu'il pouvait espérer trouver dedans, et pas seulement l'enveloppe.

Ils en avaient beaucoup discuté. Tout le monde était du même avis. Eva et Hubert avaient été pris en filature dès le départ de l'appartement et celui qui les suivait avait profité de l'accident, avec un remarquable esprit d'à-propos, pour prendre dans le sac abandonné sur la banquette la seule chose pouvant contenir le document : l'enveloppe.

Par acquit de conscience, Hubert avait exigé d'Eva qu'elle gagnât le lieu du rendez-vous comme si rien ne s'était passé. Mais elle s'était vainement promenée de long en large dans l'avenue R, personne ne l'avait abordée et les hommes de Babcock, disséminés un peu partout dans l'ombre, n'avaient remarqué aucun suspect.

Hubert pivota sur ses talons. Kennedy lui lança un regard dépourvu d'aménité. Ils n'avaient pas échangé dix mots en vingt heures. Eva, enfoncée dans le fauteuil, dormait ou faisait semblant.

Larry Eyston revint. C'était un type mince, nerveux, toujours en mouvement, toujours survolté. Il alluma une cigarette, reprit sa place et annonça :

— J'ai commandé des sandwiches et du café. J'espère que tout le monde sera d'accord ?

— Sûr ! approuva Hubert.

— J'avais la dent, confirma Kennedy.

— Vous êtes très gentil, murmura Eva Davidson sans même ouvrir les yeux.

Elle était venue avec eux car elle était la seule à pouvoir identifier le Nippon bien nippé ; mais, si cela continuait…

— Il ne viendra plus maintenant, décréta Eyston. Vous avez dû faire une erreur qui lui a foutu la puce à l'oreille…

Kennedy se mit à ricaner.

— C'est ce qui arrive quand on met des amateurs sur un coup comme celui-là.

Il ne pouvait échapper à Hubert que Kennedy le comprenait dans le lot des amateurs, mais cela ne pouvait le toucher. Il ne souffrait d'aucun complexe d'infériorité. Kennedy ne le connaissait pas et ne pouvait pas le connaître. C'était absolument sans importance. Il ne put s'empêcher de rire.

— Qu'est-ce qui vous amuse ? demanda Kennedy d'un ton agressif.

— Vous, répondit tranquillement Hubert.

Il se déplaça pour regarder encore la grande carte murale qui représentait une partie de la baie de Sagami, autour de Kamakura. La base n° 5 de l'US Navy se trouvait là, indiquée par un petit drapeau.

Le téléphone sonna. Eyston se jeta littéralement sur l'appareil.

— Allô ? Du nouveau ?… Quoi ?

Il écouta un moment, approuvant d'un « oui » énergique à intervalles réguliers, puis raccrocha. Hubert avait déjà compris que ce n'était rien qui put les intéresser, mais Kennedy s'inquiéta :

— Alors ?

— Un type saoul qui voulait absolument introduire une mousmé à l'intérieur du camp. Ils ont foutu le type en tôle et la mousmé dehors.

— Un type à vous ?

— Un matelot, oui.

Eyston ralluma une cigarette d'un air dégoûté, éteignit l'allumette en la secouant avec force.

— Écœurant ! grogna-t-il. Absolument écœurant ! Un week-end foutu. Et pour quoi ? Pour du vent.

Eva rouvrit les yeux. Eyston se calma aussitôt. Il était visiblement très sensible au charme de la jeune femme. Seul, Kennedy demeurait réfractaire.

— Il peut encore venir, dit-elle de sa belle voix mélodieuse. C'est un être qui aime la nuit.

Kennedy haussa les épaules, l'air excédé. Hubert revint vers le centre de la pièce.

— Je suis navré de n'être pas de votre avis, répliqua-t-il, mais je n'y crois plus. S'il voulait venir ici, c'était pour voir quelque chose. On voit mieux le jour que la nuit.

— Il n'y a rien à voir, on vous l'a déjà dit et répété, grommela Kennedy.

— Là n'est pas la question, rétorqua Hubert.

Le téléphone sonna de nouveau. Eyston allongea le bras, beaucoup plus lentement que la fois précédente.

— Allô ! Quoi encore ?... Hein ?... Je vous le passe.

Il tendit le combiné vers Kennedy.

— Babcock. Il veut vous parler.

Kennedy se leva en souplesse et prit l'appareil. Il échangea quelques mots avec son chef, puis ne dit plus rien. Il était comme figé et son visage en lame de couteau durcissait à vue d'œil. Hubert devina qu'il s'était produit quelque chose de grave et d'inattendu.

— D'accord, dit Kennedy pour finir. Nous rentrons...

Sa voix était sourde, comme sous le poids d'une intense lassitude. Il raccrocha lentement, puis annonça, sans regarder personne :

— Le type nous a doublés. Il a falsifié le laissez-passer en remplaçant le 5 par un 3. Il s'est baladé toute la matinée dans les installations de la base navale n° 3…

Il se tourna vers Hubert.

— Si cela peut vous intéresser, le type a pu monter à bord d'un sous-marin muni d'une rampe de lancement de fusées atomiques permettant de lancer les fusées sans faire surface. Ce dispositif était, bien entendu, ultrasecret…

Eyston lâcha une grossièreté. Hubert questionna simplement.

— Comment Babcock l'a-t-il appris ?

— Le type est reparti en oubliant de signer un registre et le chef de la sécurité de là-bas a cru bon d'appeler le service pour le signaler. C'est Babcock lui-même qui a pris la communication, et il a vite compris…

Kennedy se mit à tourner en rond, jurant comme un damné. Eva montrait un visage décomposé. Elle devait penser que rien n'était encore fini pour elle, puisque son tourmenteur courait toujours…

— Ce type est malin comme un singe, remarqua Hubert d'un ton neutre. Trop malin. Il en est au stade où il va se croire tout permis et c'est là que nous le posséderons…

— Sans blague ? ironisa Kennedy.

Il regarda Eyston.

— Nous n'avons plus rien à faire ici. Il nous reste à vous remercier et à vous prier de nous excuser. Bonne nuit.

Il sortit. Eva se mit debout.

— Nous partons ?

— Bien sûr.

Ils prirent congé du chef de la Sécurité et quittèrent le bâtiment. Hubert se sentait accablé. Son cerveau tournait à vide et il éprouvait comme une sorte de vacance intérieure qui le rendait inaccessible à tout. Ils montèrent en voiture. Eva lui toucha le bras.

— Cela me fait mal de vous voir comme ça, dit-elle. Qu'allez-vous faire ?

— Je ne sais pas.

Il était sincère. Brusquement, elle fondit en larmes.

14

Eva saisit la bouteille de whisky et remplit le verre qu'elle venait de vider. Ils étaient rentrés à peine un quart d'heure plus tôt dans l'appartement, que la jeune femme avait remis en ordre la veille, et s'étaient mis à boire, sans se parler.

Jamais Hubert ne s'était senti pareillement découragé. Il avait connu d'autres échecs dans l'exercice de son dangereux métier d'agent secret, des échecs aussi sévères que celui-ci, mais ces échecs n'avaient fait qu'attiser sa combativité naturelle et il était toujours parvenu, quelquefois *in extremis*, à redresser la situation en sa faveur.

Cette fois, il était en état de complète démission. Son cerveau ne fonctionnait plus, il n'éprouvait aucun désir de revanche. Il n'était même pas capable de comprendre d'où venait le mal et que son subconscient l'empêchait d'agir uniquement par crainte de découvrir trop facilement trop de faits aussi désagréables qu'aveuglants.

Eva reposa brutalement son verre vide. Elle buvait comme un sapeur, mais commençait à donner des signes d'ivresse. Hubert la regarda avec un léger dégoût, surpris de se sentir aussi détaché. Elle vint vers lui, d'une démarche incertaine, se laissa tomber à ses pieds et lui entoura les jambes de ses bras.

– Mel, geignit-elle, je crois bien que je t'aime vraiment.

Il ne répondit pas. Il n'avait aucune envie de le faire. Tout ce qu'il désirait était de boire assez pour oublier et pouvoir trouver le sommeil. Dormir… Dormir vingt-quatre heures sans se réveiller. Eva continuait de se plaindre d'une voix monotone, frottant sa joue au genou d'Hubert.

– Je suis une garce, Mel. Tout ça, c'est ma faute. Rien ne serait arrivé, rien, si je savais mieux conduire… Mais, tu sais comment ça se passe, Mel, mon chéri, on met le doigt et hop ! tout le bras y passe. Le bras, et le reste. Parfaitement, le reste !

Écœuré, Hubert essaya de la repousser.

– Va te coucher. J'ai horreur des femmes saoules.

– Je suis pas saoule du tout, Mel, répliqua-t-elle en s'accrochant. Pas du tout. C'est ma conscience… Tu sais ce que c'est la conscience, toi !… À moins que ce soit l'amour… C'est drôle, l'amour… Ça monte en vous, comme ça, tout doucement… On se méfie pas, on continue de faire comme s'il ne se passait rien. Et puis, tout d'un coup, c'est là. On en a jusqu'à la gorge, ça déborde et ça vous étouffe, et plus rien d'autre n'a d'importance. Plus rien…

Elle leva vers lui un visage blême, illuminé, et il ne put supporter l'expression pathétique de ses grands yeux clairs, démesurément ouverts.

– Je t'aime, Mel. Je t'aime profondément, sincèrement, comme je n'ai jamais aimé personne. Et j'ai de l'estime pour toi, Mel.

– Tais-toi, gronda-t-il. Tu as bu, tu ne sais plus ce que tu dis.

Elle parut très peinée. De grosses larmes jaillirent au coin de ses paupières.

– Pourquoi me traites-tu comme ça, Mel ?

Il lui caressa les cheveux.

– Va te coucher, mon petit.

Mais elle poursuivait une idée fixe et rien ne pourrait l'en faire démordre.

– J'ai beaucoup d'estime pour toi, Mel. C'est la première fois que j'ai de l'estime pour un homme. Et c'est pour ça que tu vas gagner, Mel. Je suis une garce, mais je tiens à faire au moins quelque chose de bien dans ma vie. Mel, tu vas m'écouter...

La sonnerie de la porte d'entrée les fit tous deux sursauter. Elle se redressa un peu, effrayée. Hubert consulta sa montre : minuit cinq.

– Il ne faut pas ouvrir, murmura la jeune femme.

Hubert pensa que ce pouvait être un envoyé de Babcock. Il repoussa fermement Eva et se leva. Elle s'agrippa, l'empêchant de marcher.

– N'y va pas, Mel. C'est lui !

– Fiche-moi la paix, répliqua-t-il durement.

Il se dégagea d'un mouvement sec et elle roula sur le tapis, essayant encore de le retenir.

– Mel, n'y va pas !

Il était déjà dans le couloir. Arrivé devant la porte, il demanda :

– Qui est là ?

Il entendit une réponse en japonais et ouvrit sans plus attendre. C'était l'ineffable M. Kimiko Yamanaka, en kimono fleuri.

– Qu'est-ce que vous voulez ?

Hubert sentit qu'Eva approchait derrière lui. Le Japonais se pencha de côté pour s'adresser à la jeune femme. Celle-ci traduisit :

— Il demande si je peux lui céder une bouteille de whisky. Ils n'ont plus rien à boire…

— Quel casse-pieds, grommela Hubert.

Il s'effaça pour laisser entrer ce voisin abusif, qui le salua très bas avant de suivre Eva vers la cuisine. Il allait refermer la porte lorsqu'il eut brusquement envie de prendre l'air. Il ne pouvait plus supporter l'atmosphère étouffante de cet appartement, ni la compagnie de cette femme que l'alcool rendait bêtement sentimentale.

Il sortit et tira la porte derrière lui. Vingt secondes plus tard, il était dans la rue. Un léger brouillard flottait au ras du sol, noyant les lumières de l'avenue K.

Il fit quelques pas et se trouva près de la Chevrolet. Ce fut alors que l'idée lui vint d'aller voir Tetsuko. Il lui devait une visite, au moins pour lui présenter ses excuses. Les clés de la voiture étaient encore dans la poche de son pantalon. Il les prit et partit aussitôt…

*

Il y avait toujours autant de monde au Benibasha. Hubert s'immobilisa près du vestiaire pour examiner l'ensemble de la grande salle. Mais la pénombre voulue qui régnait là ne permettait pas de reconnaître quelqu'un à plus de dix mètres.

Un maître d'hôtel approcha.

— Je vais au bar, indiqua Hubert. Pourriez-vous m'y envoyer miss Tetsuko, s'il vous plaît ?

L'employé s'inclina.

— Je vais essayer, monsieur.

Hubert pénétra dans le bar, séparé de la grande salle par une enceinte de bambous noirs plantés verticalement et montant jusqu'au plafond. Une demi-douzaine de taxi-girls, plus ou moins jolies, étaient massées près de l'entrée, dans l'attente du client. Elles regardèrent Hubert avec intérêt et deux ou trois d'entre elles lui sourirent.

Il joua des coudes pour atteindre le comptoir et commanda un scotch. Cette sortie et la courte promenade en voiture lui avaient fait du bien. Il n'avait pas encore retrouvé sa forme, mais se sentait de nouveau « disponible ».

Il aperçut soudain Tetsuko qui se frayait un passage vers lui en écartant à la force des bras deux barres de bambou. Elle était vêtue d'une robe de soie jaune d'inspiration chinoise qui moulait étroitement son corps.

— Ça sert d'être mince, remarqua Hubert quand elle fut auprès de lui.

— Bonsoir, gazouilla-t-elle.

Il lui prit les mains.

— Je suis navré pour vendredi soir, assura-t-il. Un événement tout à fait imprévu… Et je ne pouvais même pas téléphoner.

— On m'a informée, répliqua-t-elle en souriant. J'ai parfaitement compris et je ne vous en veux pas.

— C'était tout de même incorrect.

— Alors, nous sommes quittes, dit-elle en riant.

Elle prit le verre d'Hubert et ajouta en s'écartant un peu.

— Venez avec moi. Nous ne sommes pas tranquilles pour parler ici.

Il la suivit à l'autre bout du bar. Une table en fer et deux chaises se trouvaient libres à côté d'un énorme poêle. Ils s'y installèrent.

Elle l'observa un long moment en souriant, puis lui toucha la main.

— Vous n'êtes pas bavard.

— J'ai des ennuis, reconnut-il.

— Vous êtes venu me demander quelque chose ?

— J'avais surtout besoin de vous voir, besoin de votre présence. Vous êtes gentille, Tetsuko, et je vous aime bien.

— Je vous aime bien aussi, affirma-t-elle.

Il la trouvait reposante, alors qu'Eva, au contraire, l'épuisait. Elle demanda :

— Êtes-vous toujours à la recherche de ce Japonais bien habillé dont vous me parliez le premier soir ?... Je peux vous le faire rencontrer.

Hubert se sentit pâlir.

— Quand ?

— Tout à l'heure... Maintenant.

Elle souriait. Incrédule, Hubert protesta :

— Vous vous moquez de moi.

— Non, Mel. Partons tout de suite, si vous le voulez.

Il avait enfin compris qu'elle était sérieuse.

— Donnez-moi un peu d'argent, ajouta-t-elle. Il faut que je paye l'heure complète pour sortir avant la fermeture.

Il tira quelques coupures de son portefeuille.

— Assez, merci. Vous m'attendez à la porte.

Elle s'éloigna. Il appela un garçon, régla sa consommation et quitta le bar sans vider son verre. Il était de nouveau lui-même, dur et combatif, et pensait qu'il avait déjà beaucoup trop ingurgité d'alcool pour affronter l'adversaire en pleine possession de ses moyens.

Elle ne le fit pas attendre longtemps. Vêtue d'un manteau de couleur sombre, elle lui prit le bras et l'entraîna dehors.

— Vous avez votre voiture ?

— Oui.

— Il est au Monte-Carlo sur Ginza. Nous devons faire vite, car je ne sais pas à quelle heure ils ferment…

Il leur fallut à peine dix minutes pour couvrir le trajet. La Chevrolet rangée, Tetsuko entraîna Hubert dans ces petites rues bordant Ginza où pullulent les cabarets et les bars américains.

Le spectacle fantastique des idéogrammes multicolores composant les enseignes au néon, incroyablement nombreuses, ne retint même pas l'attention d'Hubert. Son esprit était uniquement occupé par l'idée qu'il allait enfin connaître le mystérieux, l'insaisissable Nippon bien nippé.

Il suivit Tetsuko dans un escalier de bois assez raide. Une porte s'ouvrit en haut, laissant échapper un flot de musique de jazz. Un homme vêtu de sombre les salua. Tetsuko laissa son manteau au vestiaire cependant qu'Hubert examinait la salle, étroite et longue, dont la clientèle était presque uniquement composée de militaires américains, serrés de près par des entraîneuses qui paraissaient connaître leur métier.

Il y avait pourtant un Japonais, tout au fond, et Hubert le reconnut. C'était bien lui, l'homme qu'il avait suivi quelques soirs plus tôt entre la gare d'Asakusa et le *brothel* du Yoshiwara. Une jeune femme très fardée se trouvait avec lui.

Tetsuko prit le bras d'Hubert et l'entraîna vers le fond. Il la suivit, décontenancé par cette façon de faire. Il avait pensé qu'ils attendraient le bonhomme à la sortie, mais, puisque Tetsuko préférait l'abordage direct, il n'y avait aucune raison de la retenir.

Tetsuko s'immobilisa devant la table du Japonais, dont l'élégance était vraiment remarquable, et dit avec un large sourire et en anglais :

— Voici monsieur Hiroshi Kimura… Monsieur Mel Davidson.

Le Japonais se leva, s'inclina très bas, murmura quelques mots à l'intention de sa compagne qui s'esquiva discrètement, et pria Hubert de bien vouloir prendre place.

Surprenant. Mais Hubert en avait vu d'autres. Il aida Tetsuko à s'installer, puis s'assit à son tour.

— Comment va, Tetsuko ? demanda M. Kimura.

Il y avait de l'amitié dans le ton, impossible de s'y tromper. De l'amitié, doublée d'une certaine complicité, comme il en existe entre gens qui, travaillant depuis longtemps ensemble, ont eu le temps de s'apprécier.

— Très bien, assura la jolie jeune femme. Vraiment très bien.

Le Japonais regarda Hubert avec intérêt.

— Le colonel Kawaishi m'a résumé votre entretien. J'espérais vous voir plus tôt…

Hubert était exactement dans la situation du trapéziste qui vient de rater les mains de son porteur ; mais il avait des reflexes. Il rebondit sur le filet et retomba sur ses pieds.

— Le colonel Kawaishi m'avait assuré ne pas vous connaître, riposta-t-il.

L'orchestre faisait un bruit d'enfer, les obligeant à se pencher par-dessus la table afin de pouvoir s'entendre. Un léger rire secoua le Japonais, qui proposa :

— On s'en va ? Il y a vraiment trop de bruit…

Ils sortirent, après que Tetsuko eut repris son manteau, et se retrouvèrent dans la rue.

— Marchons, proposa Hubert. C'est encore dans la rue que l'on est le plus tranquille.

Tetsuko lui prit le bras et il se retrouva au milieu.

— Que voulez-vous savoir ? demanda Kimura. Le colonel m'a donné l'autorisation de répondre à vos questions.

— Je veux tout savoir, répliqua Hubert. Pourquoi et comment vous êtes entré en rapport avec Eva Davidson, et la suite…

Ils tournèrent au coin de Ginza et continuèrent dans la grande artère que la débauche d'enseignes au néon éclairait *a giorno*.

— C'est très simple, répondit le Japonais. Le colonel m'avait dit que le service la soupçonnait d'entretenir des relations avec des agents étrangers. Pour en avoir le cœur net, il voulait que je joue les provocateurs… Le colonel m'avait dit d'aller la trouver chez elle, de prétendre que j'étais au courant de son secret, et de lui demander, moyennant finances, de me fournir les renseignements qu'elle pourrait se procurer… J'ai suivi ces instructions. Elle ne m'a pas jeté dehors, comme je m'y attendais. Elle m'a dit qu'elle ne voyait pas très bien où je voulais en venir, mais qu'elle réfléchirait. J'ai laissé passer une semaine, puis je l'ai revue lundi dernier. C'est alors qu'elle m'a fixé rendez-vous pour le mercredi soir…

Il s'interrompit, comme s'il avait attendu une question d'Hubert, mais celui-ci se taisait. Il attendait la suite.

— Je devais apporter de l'argent et elle me donnerait en échange des renseignements sur le personnel employé par les services spéciaux américains au Japon. Elle est venue, vous le savez aussi bien que moi, mais elle m'a raconté que son mari était arrivé sans prévenir pour passer des vacances en sa compagnie et qu'elle se trouvait de ce fait dans l'impossibilité de faire quoi que ce soit pour moi. Je l'ai laissée filer. Puis vous m'avez suivi… Vous connaissez ce qui s'est passé. Après avoir fait l'inventaire de vos poches, j'ai fait mon rapport au colonel. Je croyais que vous faisiez tous deux partie d'une bande d'espions bien organisée et bien outillée. Je m'étais trompé, l'idée ne m'avait même pas effleuré que vous puissiez appartenir à la CIA.

Hubert questionna :

— Vous savez en quoi consiste ce secret que vous affirmiez connaître ?

— Non. Le colonel ne me l'avait pas dit. Il faudrait que vous le lui demandiez.

Hubert se promit de le faire. L'histoire s'embrouillait et il était déjà prouvé qu'Eva leur avait menti. Dans quelle mesure et dans quel but ?

— C'est vous qui êtes revenu vendredi après-midi pour lui demander ce laissez-passer et lui fixer le rendez-vous d'hier soir ?

Le Japonais s'arrêta. Des passants le bousculèrent, mais il ne parut pas s'en apercevoir.

— Quel laissez-passer ? Quel rendez-vous ? Je n'ai pas repris contact avec cette femme depuis mercredi soir…

Hubert avait l'impression de se mouvoir sur du sable mouvant.

Il s'enlisait.

— Vous… dites la vérité ?

Tetsuko lui pinça le bras et il rectifia son tir. La franchise de M. Kimura lui semblait évidente, mais quelque chose se déchirait en lui : le rideau qui, jusque-là, lui avait masqué le véritable sens des événements.

— Excusez-moi, monsieur Kimura, ce n'est pas ce que je voulais dire.

Ils repartirent. Hubert cherchait à mettre de l'ordre dans ses idées et ce n'était pas facile. Un manège de chevaux de bois tournait dans sa tête.

— C'est tout ce que je sais et c'est tout ce que je peux vous dire, reprit le Japonais. Vous pensiez que j'en savais davantage, n'est-ce pas ? Vous êtes déçu...

— Oui, répondit machinalement Hubert, je pensais que vous en saviez davantage.

La jolie Tetsuko se pressa contre lui, comme pour le réconforter.

— Le colonel Kawaishi vous renseignera complètement demain matin. Il est disposé à vous recevoir quand vous voudrez...

Hubert s'immobilisa. Les autres l'imitèrent.

— Une seule question, monsieur Kimura... Comment saviez-vous qu'Eva Davidson transportait sur elle un émetteur-radio ?

— Je m'en suis douté après avoir trouvé le récepteur dans vos poches.

Regard fixe, mâchoires durcies. Hubert reprit :

— Vous pourriez me donner votre parole, me jurer sur les mânes de vos ancêtres, que vous ne lui avez pas arraché, dès l'entrée en matière, le clip-micro qu'elle portait épinglé à son chemisier ?

M. Hiroshi Kimura tombait visiblement des nues.

— Si cela avait existé, je vous le dirais ; mais...

Hubert n'avait plus besoin d'en apprendre davantage, il fonçait déjà vers la Chevrolet, sans se préoccuper de ses compagnons.

15

Au volant de la Chevrolet, Hubert passa lentement devant l'immeuble sans apercevoir une seule place suffisante pour garer. Il prit la première rue à droite et put enfin ranger la voiture à cent mètres de l'embranchement.

Il revenait à pied, marchant vite, lorsque son attention fut attirée par une Oldsmobile qui démarrait, de l'autre côté de la rue. Il y avait un réverbère à cet endroit et Hubert reconnut parfaitement le conducteur. C'était Herbert Morton, le patron d'Eva.

Que faisait-il à deux heures du matin si près du domicile de sa « chère » employée ? Hubert aurait bien voulu le savoir, mais le chef du personnel des services de la CIA de Tokyo ne l'avait pas vu et s'éloignait rapidement.

Hubert pénétra dans l'immeuble, prit l'ascenseur et arriva devant la porte de l'appartement. Il était dur et résolu. Eva Davidson s'était bien moquée de lui, mais c'était fini. Il venait maintenant présenter la note.

Il ouvrit avec sa clé. Le couloir était obscur. Il l'éclaira. Eva devait dormir et peut-être faisait-elle de beaux rêves. Le réveil allait être cruel.

; de lumière dans la chambre, non plus. Il appro- Ses semelles de crêpe souple ne faisaient aucun it. Il poussa doucement le battant à demi fermé et basculer l'interrupteur…

Eva Davidson était là, en travers du lit défait, simplenent vêtue d'une chemise de nuit Baby Doll en nylon rose, qui ne cachait pratiquement rien de sa nudité. Son visage, tourné vers la porte, était horrible : gonflé, violacé, les yeux désorbités, la langue énorme jaillissant de la bouche. Des marques bleutées sur le cou, très visibles, ne pouvaient laisser aucun doute…

Eva Davidson était morte, étranglée.

Hubert s'appuya au chambranle et resta un long moment immobile et glacé, respirant avec difficulté. Il revivait en esprit les dernières minutes qu'ils avaient passées ensemble. Il la revoyait, un peu ivre, très amoureuse et… encline aux confidences. Qu'essayait-elle donc de lui dire ? Ils avaient été dérangés et…

Il cessa de réfléchir. L'émotion le submergeait. Il avait été très épris de cette femme fascinante. Pendant la dernière demi-heure, il avait cru qu'elle lui avait joué la comédie de l'amour pour mieux l'attirer dans le piège : mais, maintenant, il n'en était plus certain…

Il se déplaça en direction du lit et recouvrit l'affreux visage avec un coin du drap, puis tout le corps. Ses mains tremblaient. Il se rendit dans la salle de séjour et se servit un verre de whisky qu'il avala d'un trait.

L'alcool lui donna le coup de fouet dont il avait besoin. Il fut de nouveau lucide et la vue de la bouteille de scotch le fit penser à M. Kimiko Yamanaka qu'il avait, en partant, laissé en compagnie d'Eva.

Mais Eva était encore habillée à ce moment-là, alors que l'assassin l'avait surprise plus tard, dévêtue et couchée. Elle avait dû oublier de pousser les verrous et l'homme était entré avec la clé qu'il possédait et dont il s'était déjà servi pour venir étrangler le Japonais, dans la nuit du jeudi au vendredi. Car, cela ne laissait aucun doute dans l'esprit d'Hubert, les deux crimes portaient la même signature.

Il retourna dans la chambre et entreprit de jouer à Sherlock Holmes, c'est-à-dire de tout examiner avec un soin minutieux dans l'espoir de découvrir un indice… Il ne trouva rien de notable dans la pièce et passa dans la salle de bains. Propreté rigoureuse, corbeille à kleenex vide. Ce détail le frappa, comme une chose insolite, mais il n'en put tirer de conclusion…

De toute façon, il ne pouvait s'éterniser ici. Prévenir la police ? Sûrement pas. Les flics commenceraient par le fourrer en taule et lui demanderaient des explications après. Le mieux était de mettre Babcock au courant et de le laisser se débrouiller avec ce nouveau cadavre.

Hubert se rapprocha du lit et souleva le drap pour regarder une dernière fois ce visage qu'il avait aimé et qui se trouvait maintenant défiguré. Des larmes avaient coulé de ses yeux, entraînant de longs filets de mascara sur ses joues. Il laissa retomber le drap, essayant de se souvenir…

Elle n'était pas tellement ivre lorsqu'il l'avait quittée, juste assez pour devenir sentimentale et vouloir à tout prix se confier. Et elle ne semblait pas avoir continué à boire après qu'il l'eut laissée seule. Le niveau de la bouteille, dont il venait de se servir, n'avait pratiquement pas baissé…

Il se déplaçait vers la penderie lorsque la sonnerie de la porte d'entrée se déclencha. Il sursauta, comme un gosse pris en faute. Son cœur battait la chamade. Qui pouvait sonner à cette heure avancée de la nuit ?

Il décida de ne pas répondre et gagna le couloir sur la pointe des pieds pour y éteindre la lumière, afin que l'importun ne pût voir celle-ci filtrer sous la porte lorsque la minuterie s'éteindrait.

On sonna de nouveau, avec insistance. Hubert pensa soudain qu'il n'avait pas entendu l'ascenseur arriver. Le visiteur inattendu était-il monté à pied ? À moins qu'il ne fût descendu, car cela pouvait être, tout bonnement, l'ineffable M. Kimiko Yamanaka, ivre et inconscient de l'heure, venant quêter une autre bouteille de whisky…

Des voix chuchotées. Une discussion. Ils étaient plusieurs. Quelqu'un frappa du poing contre le battant, puis cria en anglais.

— Ouvrez ! Police !

Hubert cessa de respirer. Pourquoi s'était-il tellement attardé ? Ne pouvait-il prévoir cela ? Il était fatigué, bien sûr, mais il avait aussi été trompé par le précédent du Japonais, dont l'étranglement n'avait pas été suivi de l'intervention policière qu'il avait alors prévue.

Une clé venait d'être introduite dans la serrure. Sans doute avaient-ils, au passage, réquisitionné le gardien de l'immeuble avec son passe.

Trop tard pour aller pousser les verrous. Hubert ralluma et se porta au-devant de l'adversaire.

— Bonne nuit ! lança-t-il à la vue des policiers japonais qui envahissaient l'entrée. Je vous attendais avec impatience…

Un petit homme, vêtu d'une jaquette et d'un pantalon rayé, demanda d'un ton sec :

— C'est vous qui nous avez appelés ?

— C'est moi, affirma Hubert avec un superbe aplomb.

— Pourquoi n'ouvriez-vous pas ?

— Je craignais que ce ne fût l'assassin. Je ne suis pas armé…

— Où est le corps ?

— Par ici. Veuillez me suivre…

Il les conduisit jusqu'au seuil de la chambre et s'effaça pour les laisser passer. Ils étaient cinq, dont deux en uniforme. Ils se massèrent autour du lit, cependant que le petit homme en jaquette, probablement le commissaire, soulevait le drap avec répugnance…

Hubert jeta un coup d'œil par-dessus son épaule, vers la porte palière restée grande ouverte. La voie semblait libre. Ils étaient tous fascinés par l'abominable spectacle que le commissaire venait de découvrir. C'était le moment ou jamais…

En quelques enjambées rapides et silencieuses, Hubert fut sur le palier et se jeta tête baissée dans l'escalier, agrippant la rampe à chaque virage pour utiliser la force centrifuge au mieux de ses intérêts.

Il ralentit au premier étage et prit un air dégagé pour descendre les dernières marches. Bien lui en avait pris. Un agent en uniforme blanc montait la garde dans le hall.

Hubert le salua aimablement d'un mouvement de tête. L'autre hésita, puis le laissa sortir. Hubert dut se retenir pour ne pas se remettre à courir aussitôt sur le trottoir.

Il marcha vite jusqu'au coin de la rue et soupira de soulagement en tournant à l'angle de l'immeuble. Les policiers avaient dû maintenant découvrir sa disparition et la chasse allait s'organiser, le quartier devenir malsain.

Il était décidé à prendre la Chevrolet afin de s'éloigner le plus rapidement possible, quitte à l'abandonner dans le centre avant un quart d'heure.

Il aperçut la voiture, sortit les clés. Ce fut alors que ses muscles dorsaux se contractèrent, avant même qu'il eût entendu courir derrière lui…

Hubert se reprit aussitôt. Ce trottinement menu ne pouvait appartenir qu'à une femme. Il se retourna dans le mouvement et reconnut Tetsuko.

— Qu'est-ce que vous faites là ?

Elle s'accrocha à lui, essoufflée.

— Je… je vous ai suivi, parce que…

Il se rappela le danger pressant qui le menaçait et la poussa vers la voiture.

— Vite. J'ai les flics aux fesses.

Pas certain qu'elle eût bien compris, il reprit :

— La police me cherche. Je vous expliquerai.

Elle monta sans discuter. Il prit le volant et démarra en un temps record. Quelques secondes plus tard, alors que la voiture filait plein gaz, il annonça :

— Eva Davidson est morte, étranglée.

— Vous ? demanda tranquillement la jeune Japonaise. Je m'en doutais, c'est pourquoi je suis…

— Mais non, ce n'est pas moi, idiote !

Il essaya aussitôt de se rattraper :

— Excusez-moi, Tetsuko, je suis très énervé.

— Je vous pardonne.

Il attendit un instant avant de poursuivre :

— Elle a été tuée pendant mon absence. Étranglée, comme votre collègue… J'étais occupé à chercher si l'assassin n'avait pas laissé de traces, quand la police est arrivée…

— Qui l'avait appelée ?

— Pas moi, bien que je leur aie affirmé le contraire pour me donner le temps de filer…

— Alors, c'est l'assassin.

— Je ne vous le fais pas dire.

Il pensa soudain à Herbert Morton, le chef d'Eva, qu'il avait vu démarrer au volant de sa voiture alors que lui-même arrivait. N'était-ce pas étrange…

– Vous devez avoir beaucoup de peine, murmura Tetsuko.

Surpris, il lui lança un rapide regard de côté.

– Pourquoi ?

– Le colonel m'a dit que vous étiez amoureux de cette jeune femme.

Hubert ne put retenir une grimace. Fâcheuse publicité.

– Elle m'était très sympathique, répliqua-t-il. Mais je n'étais pas amoureux d'elle. Comme je devais passer pour son mari, je faisais semblant de l'être…

– Ah ! bon…

– Écoutez, Tetsuko. Dans cinq minutes, toute la police de Tokyo va être sur les dents à cause de moi. Il est possible qu'ils connaissent l'existence de cette voiture. Trouvez-moi un refuge quelque part, n'importe où…

Elle ne prit même pas le temps de réfléchir.

– Allons au service, dit-elle. Je crois que le colonel Kawaishi est à son bureau…

– À cette heure-ci ?

– Il travaille souvent la nuit. Il dit que c'est le seul moment où il est tranquille.

Hubert réfléchit très vite. Après tout, le siège du SR japonais était bien le meilleur endroit où il pût se cacher pour échapper à la police japonaise. Et Kawaishi se montrerait peut-être plus coopératif que la dernière fois…

– Allons-y, décida-t-il.

Elle lui indiqua la direction à prendre…

*

Hubert fut un peu surpris de trouver le colonel Kawaishi en kimono de soie brune. Les salutations terminées, l'officier japonais parla un peu de la pluie et du beau temps et du premier cerisier qui venait de fleurir dans son jardin.

Tetsuko s'était installée un peu en retrait, en femme consciente de sa condition inférieure et de la suprématie de l'homme. Avec Hubert, elle se montrait relativement libre et naturelle ; mais, devant un homme de sa race, elle ne parlerait que pour répondre aux questions que l'on voudrait bien lui poser.

Dès que cela lui parut possible, Hubert entra dans le vif du sujet et mit succinctement son interlocuteur au courant des derniers développements de l'affaire.

Il en arriva rapidement à la découverte du cadavre d'Eva Davidson et, se rappelant ce que Tetsuko lui avait rapporté concernant l'opinion de Kawaishi sur ses rapports avec Eva, il s'efforça de conserver à sa voix un ton absolument neutre.

Pour terminer, il avança :

— Babcock m'a dit que vous aviez préparé une traduction de votre dossier…

Imperturbable, le Japonais s'inclina légèrement.

— C'est exact. Je viens d'en prendre connaissance et je puis vous en parler…

— Je vous en prie.

— Eh bien, voilà… L'an dernier, vers la fin du mois d'octobre, un de nos agents était sur la piste d'une organisation d'espionnage qui semblait travailler sur notre territoire pour son propre compte, vendant des informations au plus offrant. Tout ce que nous savions était que cette organisation avait à sa tête un Coréen extrêmement habile, que nous n'avons jamais pu identifier.

Le Japonais fit une pause. Les mains enfouies dans les larges manches de son kimono, il se tenait parfaitement immobile.

— L'agent dont je vous parlais était sur le point d'identifier cet homme, lorsqu'il trouva la mort dans un accident, écrasé par une automobile. Cet accident s'était produit dans le quartier de Kôjimachi, au milieu de la nuit. La victime ne mourut pas tout de suite. Avant de rejoindre ses ancêtres, elle eut le temps d'écrire sur le macadam, avec un doigt trempé dans son sang, un numéro minéralogique. Nous pensâmes aussitôt que ce numéro était celui de la voiture qui l'avait écrasé...

Nouvelle pause. Le colonel Kawaishi ménageait ses effets.

— L'automobile portant ce numéro était une Chevrolet noire et jaune appartenant à Mrs Eva Davidson.

Hubert s'y attendait. Il resta aussi impassible qu'un Japonais de la vieille école.

— Qu'avez-vous fait ? demanda-t-il d'un ton très naturel.

Le Japonais lui lança un regard aigu.

— Lorsque nous avons su que cette jeune femme travaillait dans les services de l'armée américaine, cela nous a un peu ennuyés. Néanmoins, nous lui avons demandé son emploi du temps la nuit du... de l'accident. Elle nous a fourni un alibi absolument inattaquable. Nous avons fait examiner discrètement sa voiture, mais cet examen n'a rien donné, peut-être en raison même de sa discrétion...

— Parce que, malgré l'alibi, vous persistiez à penser...

— Mme Davidson nous avait donné un alibi pour sa personne, mais non pour sa voiture. Celle-ci, restant habituellement dehors la nuit, pouvait avoir été utilisée par un tiers, à son insu...

– Elle l'admettait, ou bien ces conclusions vous sont-elles personnelles ?

– Elle l'admettait. Mme Davidson était très intelligente, croyez-moi. Bref, nous n'avons pas désarmé. Je suppose que c'est la même chose chez vous, mais nous n'aimons pas que l'on tue nos agents sans que nous en connaissions la raison...

Hubert nota soudain que le Japonais s'exprimait correctement depuis le début, renonçant à l'argot ; sans doute par un souci de politesse à l'égard de Tetsuko.

– Nous avons mis Eva Davidson sous surveillance. Inlassablement, pendant des mois, nos agents se sont relayés pour la suivre, jour et nuit. Elle ne pouvait rien faire sans que nous le sachions aussitôt...

– Et alors ?

Kawaishi tourna légèrement la tête pour regarder Tetsuko, puis ramena son attention sur Hubert.

– Alors ? Rien... Elle semblait irréprochable, ne fréquentant qu'un cercle restreint de compatriotes. Aucune relation suspecte avec des Asiatiques. Bref, nous allions classer l'affaire quand j'eus l'idée de tenter une petite provocation... Kimura vous l'a expliquée. Il s'est présenté à elle en affirmant être au courant de son secret et en lui demandant certains renseignements moyennant finances. Nous étions à peu près certains qu'elle le jetterait dehors. C'est ce qu'elle aurait fait, en tout cas, si elle avait eu la conscience absolument tranquille. Mais...

– Mais elle a donné prise.

– Oui. Pas de façon nette, puisqu'elle a essayé ensuite de gagner du temps, mais suffisamment pour nous rendre la conviction qu'il y avait réellement quelque chose.

Hubert demanda doucement.

– Quel était l'alibi d'Eva pour la nuit... de l'accident ?

Le colonel Kawaishi soupira, puis annonça en baissant les yeux :

– L'alibi d'Eva Davidson s'appelait Herbert Morton.

Hubert retint son souffle. Herbert Morton, encore lui...

– Quel genre d'alibi ?

– Morton est venu lui-même nous dire, en exigeant le secret, qu'il était resté toute cette nuit-là en compagnie d'Eva Davidson, chez elle.

La bouche sèche, Hubert déglutit avec peine. Eva et ce gros porc... Ignoble ! Pourtant, les sarcasmes de James Kennedy auraient dû le mettre sur la voie, s'il n'avait été hypnotisé par les beaux yeux de cette garce...

– Je comprends maintenant votre prudence lors de notre première entrevue...

Le Japonais s'inclina.

– Mettez-vous à notre place. M. Morton occupait une place importante dans vos services et protégeait cette femme. Nous étions obligés d'avancer sur la pointe des pieds... Nous avons cru pouvoir agir dans la nuit de jeudi à vendredi uniquement parce que nous étions encore persuadés que vous étiez bien M. Davidson et que vous aviez partie liée avec votre femme. Lorsque Babcock nous a dit qui vous étiez, nous étions très ennuyés... Il était évident que cette femme vous avait lancé délibérément contre nous, c'est-à-dire contre M. Kimura, qui représentait pour elle un danger immédiat. Elle espérait probablement qu'il y aurait un accrochage et que vous le tueriez...

— Je me demande, murmura pensivement Hubert, si cette idée géniale est bien d'elle…

Sans répondre, le colonel Kawaishi ouvrit un tiroir de son bureau et en sortit un paquet enveloppé de papier, qu'il déploya devant lui.

— Voici deux petites choses que nous avons trouvées chez Mme Davidson, dans la nuit de jeudi à vendredi…

Hubert reconnut aussitôt le clip-micro qui, selon Eva, lui avait été arraché par son mystérieux Japonais bien habillé, qu'Hubert connaissait maintenant sous le nom de M. Kimura. Il y avait aussi une feuille blanche dactylographiée, recto-verso, que Kawaishi tendit à Hubert.

— Les dix commandements de l'espion, de Mlle Docteur, indiqua-t-il.

Hubert prit la feuille sur laquelle avaient été recopiés quelques-uns des principes établis par Elsbeth Schragmüller, plus connue sous le nom de « Mlle Docteur », qui avait créé la première école d'espionnage au début de la Première Guerre mondiale et dont les méthodes étaient encore observées par la majorité des écoles modernes d'espionnage, aussi bien aux États-Unis qu'en Russie. Il lut machinalement, car il connaissait tout cela par cœur :

— « Ne laissez jamais deviner à des étrangers que vous parlez leur langue si vous voulez qu'ils continuent à s'exprimer librement en votre présence.

» Lorsque vous fixez rendez-vous à un informateur, faites-lui parcourir le plus de chemin possible, la nuit de préférence. Un informateur fatigué sera toujours moins difficile à manœuvrer.

» N'insistez jamais sur l'information que vous recherchez plus particulièrement. Noyez-la parmi d'autres et ne manifestez aucun plaisir lorsque vous l'avez obtenue.

» Si vous devez noter des chiffres, faites-le sous la forme innocente de dépenses personnelles. Si vous voulez détruire un document, n'oubliez pas que le papier carbonisé peut rester lisible.

» Ne prenez jamais d'attitudes mystérieuses, excepté si vous voulez faire parler un bavard sur un sujet dont il est spécialiste.

» Renoncez à briller dans une conversation, à paraître trop intelligent. Le meilleur espion est celui qui passe toujours inaperçu.

» Ne vous déplacez jamais sans vous assurer que vous n'êtes pas suivi.

» Le logement idéal de l'agent secret doit avoir plusieurs sorties. Pensez à la façon dont vous aurez peut-être à vous en échapper. Faites des répétitions.

» Soyez sobre. Ne vous liez avec personne.

» Ne vous fiez pas aux apparences, qu'il s'agisse d'attitudes amicales ou hostiles des personnes que vous rencontrez, ou de l'importance présumée d'une information. »

Hubert reposa le papier. Il n'y avait là qu'une faible partie des idées d'Elsbeth Schragmüller, qui avaient été introduites dans le programme des écoles d'espionnage créées par l'OSS pendant la Seconde Guerre mondiale[1].

– On a l'impression de gosses jouant à la petite guerre, dit-il.

– Ces principes sont toujours valables, protesta l'autre.

---

1. L'Office of Strategic Services a été le premier service central de renseignements des États-Unis. Il fut remplacé le 26 juillet 1947 par la CIA (Central Intelligence Agency). Le général Willam J. Donovan était le chef de l'OSS pendant la dernière guerre mondiale.

— Ce que je trouve enfantin, précisa Hubert, c'est de conserver ça chez soi. Ça se garde habituellement là-dedans.

Il se toucha le front de l'index. Il était de nouveau frappé par ce mélange de diabolique intelligence et d'apparente naïveté qui caractérisait cette affaire. « Ne laissez jamais deviner à des étrangers que vous parlez leur langue… » Eva Davidson ne l'avait pas cru tout de suite lorsqu'il avait affirmé ne pas connaître le japonais, et c'était pourquoi elle avait elle-même arraché le clip-micro de son corsage. Mais pourquoi, ensuite, avoir ramené l'objet chez elle ? C'était le geste d'un gosse incapable de se séparer du trophée dont il sait pourtant que la découverte peut amener sa perte. Certains délinquants adultes ne se comportaient-ils d'ailleurs pas de la même façon ? Hubert se leva.

— Résumons-nous. Malgré une surveillance constante de plusieurs mois, vous ne l'avez jamais vue prendre contact avec aucun suspect… Nous sommes bien d'accord ?

L'officier japonais approuva d'un lent hochement de tête.

— Il y a tout de même un endroit où vous ne pouviez pas la suivre, et c'est à son bureau, reprit Hubert.

— Bien sûr, mais…

Kawaishi s'interrompit, puis questionna avec prudence :

— C'est à… Morton que vous pensez ?

— Peut-être.

— Je vous ferai alors remarquer que si Morton vous trahit au profit d'un tiers, il n'avait absolument aucun besoin d'employer Eva Davidson, qui n'était que sa secrétaire. Tout ce que pouvait obtenir cette femme en matière de renseignements, Morton pouvait se le procurer encore plus facilement…

Hubert s'arrêta devant le bureau et abattit sa main sur le « décalogue » de Mlle Docteur.

– C'est écrit dans ce manuel du petit espion : ne vous fiez jamais aux apparences. De toute façon, c'est maintenant une affaire entre Babcock et moi…

Il ne pouvait discuter avec ce Japonais de la culpabilité possible d'un officier américain. Mais il était convaincu qu'Eva Davidson n'était pas venue raconter son histoire devant Babcock et les autres simplement parce que sa conscience la poussait à le faire. Quelqu'un lui avait ordonné de le faire, dans un but bien précis. Il s'agissait probablement d'attirer l'attention générale sur Eva Davidson, de la mettre en pleine lumière afin que le personnage principal, restant dans l'ombre, passât inaperçu.

Qui avait fourni un alibi à la jeune femme pour cette nuit où un agent du SR japonais s'était fait écraser ? Morton.

Qui l'avait amenée devant ses pairs pour patronner ses aveux ? Morton.

Qui pouvait-elle rencontrer chaque jour sans que les hommes de Kawaishi eussent à le noter ? Morton.

Qui Hubert avait-il vu s'éloignant de l'immeuble dans lequel Eva venait d'être étranglée ? Morton.

Cela faisait tout de même beaucoup de présomptions.

– Il faut que j'aille voir Babcock, décida Hubert en consultant sa montre. De son bureau, on doit pouvoir le toucher à n'importe quel moment… Mais je ne crois pas qu'il soit prudent de continuer à me promener dans Tokyo avec cette voiture, et portant sur moi des papiers au nom de Mel Davidson.

— Nous allons arranger ça. Je peux vous faire des papiers provisoires et vous prêter une voiture du service. Tetsuko vous accompagnera.

Hubert se tourna vers la jeune femme :

— N'êtes-vous pas trop fatiguée ?

Elle eut un délicieux sourire et fit non de la tête. Le colonel Kawaishi craqua une allumette et l'approcha d'une cigarette qu'il venait de ficher entre ses lèvres. Hubert revint vers lui.

— Avez-vous l'adresse de Morton ? questionna-t-il.

L'officier japonais resta impassible cinq ou six secondes, puis son visage s'éclaira d'un demi-sourire.

— Je ne devrais pas l'avoir, mais…

— Je crois que je vais aller le réveiller, enchaîna Hubert. Passer par Babcock serait décidément trop long…

16

Le colonel Kawaishi avait donné l'adresse à Tetsuko qui s'était chargée de la navigation à travers Tokyo endormie. Hubert remarqua soudain :

– Mais nous sommes dans Kôjimachi !

– Oui, répondit la jeune femme, je pense que ce ne doit pas être très loin du domicile de Mme Davidson.

Ils furent bientôt fixés. L'immeuble était situé dans la rue voisine, à cent cinquante mètres de l'appartement d'Eva. Hubert pensa qu'une des présomptions se trouvait ainsi fortement entamée. Si Morton habitait là, sa présence dans le quartier n'avait rien de particulièrement surprenant.

Tetsuko resta dans la voiture. Hubert mit pied à terre. Le calme était revenu dans le secteur, les policiers partis. Peut-être avaient-ils déjà emporté le corps…

Il pénétra dans l'immeuble. Une liste des locataires était affichée dans le hall. Morton : 3e étage, porte 36. Hubert prit l'ascenseur.

Il n'était pas armé et le regrettait un peu, mais il n'avait pas l'intention de se laisser surprendre. Le pouce appuyé sur le bouton de la sonnette, il attendit…

Longtemps. Morton avait le sommeil dur ; ou bien il ne voulait pas ouvrir. La minuterie s'éteignit. Hubert ralluma et se remit à sonner.

Il commençait à examiner la serrure et à supputer les chances qu'il avait de pouvoir la forcer avec les faibles moyens dont il disposait, lorsque l'ascenseur fut rappelé d'en bas.

Était-ce Tetsuko qui venait l'avertir d'un danger quelconque ? Bien improbable. De toute façon, l'immeuble ayant douze étages, le risque de voir le nouvel arrivant déboucher justement au troisième était raisonnablement limité. Hubert décida de ne pas bouger et d'attendre les événements.

Ce ne fut pas très long. La cabine remonta et s'immobilisa exactement à l'étage. Hubert se déplaça aussitôt vers le palier, avec l'intention de reprendre l'ascenseur pour descendre comme s'il sortait à l'instant de chez un locataire…

Il reconnut Morton et s'arrêta.

— Hello ! lança-t-il. Je venais vous voir…

Surpris, le gros homme fronça ses sourcils épais et dit sans aménité :

— Vous avez de drôles d'heures pour rendre visite aux gens.

— C'est possible, admit Hubert.

Herbert Morton ouvrit la porte de son appartement.

— Entrez.

Hubert franchit le seuil. Des lampes s'allumèrent. Il se trouva dans une salle de séjour assez luxueusement meublée, mais fort en désordre.

— Asseyez-vous si vous le pouvez, grogna Morton.

Hubert préférait rester debout. Il ne savait pas du tout comment ce poussah prendrait la chose.

— Whisky ?

— Non merci, répliqua Hubert, je ne bois jamais pendant le travail.

Morton se figea.

— Ah ! Parce que vous êtes ici au travail ?

— Oui.

— De quoi s'agit-il ?

— Eva Davidson est morte assassinée cette nuit et je voudrais savoir d'où vous venez.

Le visage boursouflé de Morton devint lentement cramoisi.

— C'est à *moi* que vous posez cette question ?

— Oui, c'est à vous que je pose cette question. Je précise que je vous ai vu partir avec votre voiture vers deux heures cette nuit, alors que je rentrais, juste avant de découvrir le cadavre.

Morton hésita. Hubert eut l'impression qu'il allait essayer de le jeter dehors. Puis l'atmosphère se détendit de façon sensible.

— Après tout, jeune homme, je peux bien vous répondre… Quand vous m'avez vu partir, je me rendais à un appel de Babcock. Et je le quitte à l'instant. Si vous voulez vérifier…

Il lui montra de la main l'appareil téléphonique. Hubert, sans se démonter, alla prendre l'appareil.

— Quel numéro ?

Un peu étonné, Morton répondit :

— Il est au bureau. Eh bien, vous avez confiance…

— Je n'ai confiance en personne.

Hubert forma le numéro. Babcock décrocha. Hubert demanda, après s'être fait reconnaître :

— C'est vrai que Morton vient de vous quitter ?

— Oui, pourquoi ?

— C'est vous qui lui avez demandé de venir ?

— Oui, un peu avant deux heures. Pourquoi ?

— Pour rien. Eva est morte, étranglée. Je cherche l'assassin…

— Mais, sacré nom, vous n'allez tout de même pas…

Hubert raccrocha.

— Okay, fit-il en regardant Morton. Mais j'ai d'autres questions à vous poser.

— Je ne vous promets pas de répondre.

— Si vous ne me répondez pas à moi, vous répondrez à d'autres, et ce sera peut-être encore plus agréable…

Le visage énorme de Morton virait de nouveau au violet.

— Vous commencez à me casser les pieds, mon vieux. Je vais vous ficher à la porte…

— Essayez, proposa Hubert d'une voix dangereusement douce.

L'autre s'apaisa. Le souffle un peu court, une lueur d'inquiétude au fond de ses petits yeux porcins, il bafouilla :

— Efforçons-nous de parler calmement. Que voulez-vous ?

— Savoir pourquoi vous avez fourni un alibi à Eva pour cette nuit où un Japonais avait été écrasé, probablement avec sa voiture.

Morton devint pâle.

— Co… comment le savez-vous ?

— Peu importe.

— C'était vrai. Elle avait passé la nuit… en ma compagnie.

— Vous ne me ferez jamais croire qu'une fille aussi jolie ait pu coucher avec un porc de votre espèce. Ce serait vraiment trop… immoral.

Cette fois, Morton explosa.

— Mais vous m'insultez ! Savez-vous qui je suis ? Je peux vous faire saquer, mon petit, comme un rien ! Pflut ! Nettoyé, lessivé !

Hubert fit rapidement deux pas en avant et le gifla. Pif ! Paf ! Aller, retour.

— Vous avez fini de faire l'andouille ? gronda-t-il. Répondez ! Pourquoi lui avez-vous fourni cet alibi ?

M. Herbert J. Morton n'avait certainement de sa vie reçu une paire de gifles. Un court instant, il donna l'impression d'une baudruche qui se dégonflait. Exactement ce qu'espérait Hubert, qui avait souvent remarqué combien certains hommes jouissant d'une position bien assise, mais sans force réelle de caractère, pouvaient être facilement « démolis » par une atteinte brutale à leur dignité de façade.

— Attendez, bredouilla Morton. Laissez-moi tranquille, je vais vous expliquer, je ne croyais pas mal faire…

Hubert le poussa dans un fauteuil qui gémit sous le choc.

— J'écoute.

— Elle m'avait juré que c'était un accident.

Donc, c'était bien elle qui avait écrasé le bonhomme. Hubert se dit que depuis quelques heures il en apprenait de sévères sur le compte d'Eva Davidson.

— Elle ne voulait pas aller en prison. Depuis peu, les ressortissants US étaient passibles des tribunaux japonais pour certains délits, et c'était le cas. Je… J'étais très épris d'Eva et elle m'avait promis de m'épouser dès qu'elle serait divorcée. J'ai eu tort, je sais. Je n'aurais pas dû. Mais j'étais incapable de lui résister… Quand elle me regardait, avec ses grands yeux…

— Assez ! tonna Hubert.

Il savait parfaitement à quoi s'en tenir sur ce sujet et n'aimait pas sentir le couteau remuer dans la plaie.

– Et je suppose que c'était avec cette histoire qu'on la faisait chanter ?

– Oui, reconnut Morton. Mais c'était impossible à dire…

– Alors, vous avez inventé cet adultère ?

– Oui…

Il baissa la tête et enchaîna :

– Je savais qu'Eva était morte, quand vous avez cru me l'apprendre. La police japonaise avait averti le service pendant que j'étais chez Babcock… La police japonaise croit que vous êtes l'assassin et vous recherche…

– Je sais, dit Hubert en regardant malgré lui vers la porte.

17

Hubert Bonisseur de la Bath ouvrit la portière et se glissa sous le volant. Son rude visage de prince pirate était sombre et crispé.

— Alors ? questionna doucement Tetsuko en se rapprochant de lui.

— Rien.

Il était maintenant à peu près persuadé qu'il avait fait fausse route en soupçonnant Morton. Les explications du gros homme tenaient debout. Il n'en restait pas moins que, dans quelques heures, M. Herbert Morton remettrait sa démission à Babcock qui l'accepterait sûrement et lui ferait suivre la voie hiérarchique jusqu'à Washington. M. Herbert Morton, coupable de n'avoir su résister au charme fascinant de feu Eva Davidson, était un type socialement fichu. On le retrouverait bientôt patron de snack-bar dans quelque coin perdu du Mainland, ou marchand de pop-corn à Greenwich Village...

— Il y a vraiment de quoi devenir misogyne, ou je ne sais quoi, soupira Hubert.

— Que dites-vous ?

— Rien.

Il en voulait à toute l'espèce féminine et miss Tetsuko n'avait qu'à se taire. Elle le comprit et regagna son coin. Il s'appuya des avant-bras sur le volant et se remit à réfléchir.

Malgré une surveillance incessante de plusieurs mois, les agents du SR japonais n'avaient jamais vu Eva Davidson rencontrer un seul suspect. Hubert en avait conclu que ses rencontres avaient lieu dans des endroits où Eva ne pouvait être suivie et pensé au bureau et à Morton parce qu'il avait vu celui-ci s'éloignant de l'immeuble alors qu'Eva gisait déjà morte sur son lit.

Morton hors de cause, au moins jusqu'à plus ample informé, il fallait chercher autre chose. L'immeuble où elle habitait, par exemple, était un autre endroit où Eva ne pouvait être que difficilement surveillée…

Hubert eut soudain l'intuition qu'il tenait là un début de piste et décida de repasser dans son esprit *tout* ce qui s'était produit en sa présence ou à sa connaissance dans l'appartement de la jeune femme depuis qu'il y était entré lui-même pour la première fois, le mercredi précédent vers neuf heures du soir. Il estimait cette rétrospective nécessaire, car il devait bien s'avouer maintenant qu'il avait plus souvent regardé Eva que ce qui se passait autour d'eux…

Il ferma les yeux et des images défilèrent comme un film sur l'écran de ses paupières baissées. Ce ne fut pas très long. Comment avait-il pu être aveuglé à ce point ? Comment avait-il pu se laisser manœuvrer de cette façon ? C'était absolument incroyable.

Il se redressa, regarda Tetsuko et lui saisit la main. Ses yeux brillaient d'excitation.

— J'ai trouvé. Je crois que j'ai trouvé.

Le doux visage de la Japonaise s'éclaira d'un sourire. Elle attendit la suite sans impatience.

– Croyez-vous que la police ait laissé quelqu'un dans l'appartement ? questionna-t-il.

– Sûrement. Je crois que, dans un cas comme celui-là, ils laissent toujours un agent sur place jusqu'au lendemain.

– Un seul ?

– Oui. C'est suffisant...

– Parfait. Il faut que je puisse retourner dans cet appartement. Vous venez avec moi...

Elle ne parut pas emballée.

– Nous avons pour consigne d'éviter tout incident avec la police officielle, objecta-t-elle. Peut-être vaudrait-il mieux consulter le colonel Kawaishi ?

– Nous n'avons pas le temps. Il est déjà plus de cinq heures. Le jour va bientôt se lever.

– Le policier ne va pas se laisser faire.

– Je m'en doute bien. Je vous promets de ne pas lui faire mal.

Elle cessa toute résistance.

– Comme vous voudrez. J'espère qu'il n'arrivera rien de grave.

– Si vous suivez mes instructions à la lettre, répliqua Hubert, je vous assure que tout se passera bien. On y va...

Ils descendirent de voiture et se rejoignirent sur le trottoir. Hubert reprit :

– Première chose à faire : allez voir s'ils n'ont pas laissé quelqu'un dans le hall.

Elle partit en avant. Il la suivit jusqu'au coin et attendit là. La nuit était fraîche, mais le ciel semblait dégagé. Un bruit de ferraille annonça le passage du premier tramway sur l'avenue K. Tetsuko avait dépassé l'entrée de l'immeuble. Elle revint sur ses pas et, d'un signe de la main, lui fit comprendre qu'il pouvait la rejoindre.

La lourde porte vitrée s'ouvrit, poussée par Hubert. Tetsuko se dirigea vers l'ascenseur.

– Non, dit Hubert. Cet engin fait trop de bruit.

Ils prirent l'escalier, sans allumer la minuterie. Tetsuko chercha la main de Hubert.

– Je ne vois rien, expliqua-t-elle.

Il ne se pressait pas, soucieux de ne pas gaspiller leur souffle. Ils s'arrêtèrent un étage avant d'arriver. Hubert murmura ses dernières instructions à l'oreille de sa compagne.

– Compris ?

– Compris, affirma-t-elle.

Il la fit répéter pour plus de sûreté.

– *Go !* fit-il. Allez-y !

Elle lui serra la main très fort et gravit seule le dernier étage. Il attendit qu'elle eût appuyé sur le bouton de la sonnette pour monter à son tour en rasant le mur. Une voix japonaise se fit entendre de l'autre côté de la porte. Tetsuko répondit. Hubert lui avait prescrit de dire qu'elle était une amie d'Eva Davidson, arrivant de province par un train de nuit.

La porte s'ouvrit. Tetsuko fit un pas en avant pour empêcher l'homme d'avancer, Hubert devant rester invisible jusqu'au dernier moment. Tetsuko parlait vite, sur un ton haut perché. L'autre lui donna la réplique. Il devait lui annoncer la mort tragique d'Eva Davidson. Prévu. Tetsuko poussa un cri d'oiseau blessé et se laissa tomber en avant, feignant de s'évanouir.

Le policier eut le reflexe que l'on attendait de lui. Il reçut la jeune femme dans ses bras. Hubert fonça. En trois secondes, tout fut réglé. Frappé à la carotide, l'homme s'écroula, en syncope, entraînant Tetsuko dans sa chute.

La jeune femme se releva précipitamment. Hubert laissa Tetsuko refermer la porte, et porta sa victime dans la chambre.

Tetsuko alla chercher le sparadrap dans la salle de bains. Hubert lia les poignets et les chevilles du policier, puis lui scella la bouche avec un dernier morceau de toile gommée. Après quoi il entreprit de réanimer le prisonnier en lui pressant d'une main les globes oculaires et en lui travaillant le plexus de l'autre.

L'homme rouvrit les yeux. Il avait l'air effaré. Hubert se pencha vers lui et murmura :

– *Do you speak english ?*

Un battement de cils, qui était une réponse affirmative. Hubert le débarrassa de son automatique qu'il mit dans sa poche, puis le porta dans le placard-penderie dont Tetsuko venait d'ouvrir les portes. Il referma lui-même. Tetsuko souriait.

– Maintenant, annonça Hubert, je vais vous montrer quelque chose.

Il l'entraîna dans la salle de séjour, tira la table sous la suspension et monta dessus…

– Que cherchez-vous ? chuchota Tetsuko, impressionnée par son air mystérieux.

Il lui intima de se taire par un « chut ! » impératif, puis lui demanda par signes de lui donner une chaise. Il mit la chaise au centre de la table, éprouva du pied la solidité de l'échafaudage et grimpa…

Il ne trouva rien. La suspension était une honnête suspension, sans aucun truquage. Il redescendit et entreprit un sondage en règle de tous les endroits de la pièce où ce qu'il espérait découvrir aurait pu se trouver dissimulé. Il passa ensuite dans la chambre, continuant le même manège.

Sans plus de résultat. À la fin, n'y tenant plus, Tetsuko le supplia :

— Dites-moi ce que vous cherchez !

— Des micros, répondit Hubert.

Tetsuko le considéra avec étonnement.

— Des micros ? répéta-t-elle. Pour quoi faire ?

Hubert s'assit lourdement au bord du lit et invita du geste la jeune femme à s'installer près de lui.

— Je fais le tour des possibilités, expliqua-t-il, et j'avais une théorie intéressante concernant M. Kimiko Yamanaka, le gentleman qui habite au-dessus...

Il montra le plafond avec son pouce dressé.

— Je ne le connais pas, dit la jolie Japonaise. Qui est-ce ?

— Moi, je le connais. Même un peu trop...

— Quelle théorie aviez-vous à son sujet ?

Hubert se gratouilla l'occiput.

— Eh bien, ce M. Kimiko Yamanaka semble posséder l'art et la manière de se trouver toujours là où il ne faut pas et quand il ne faut pas. Je l'ai pris longtemps pour un hurluberlu mais, tout à l'heure, j'avais entrevu de nouvelles explications à son comportement...

Il leva les yeux, comme s'il avait espéré apercevoir celui dont il parlait.

— Admettons que M. Yamanaka soit bien ce mystérieux espion pour le compte de qui travaillait Eva Davidson. Admettons-le... Et admettons aussi que M. Yamanaka ait fait installer ici des micros qui lui permettent de suivre, depuis son appartement, toutes les conversations qui se tiennent chez Eva Davidson...

— Mais il n'y a pas de micros, objecta Tetsuko. Vous avez cherché partout et vous n'avez rien trouvé.

Hubert fit entendre un claquement de langue agacé.

— Laissez-moi vous expliquer ma théorie. Imaginez que nous avions trouvé ces micros. C'est possible, ou non ?

Elle fit oui de la tête, avec un sourire indulgent. Il enchaîna :

— Dans la nuit de mercredi à jeudi, lorsque je suis revenu ici après m'être fait assommer par votre collègue, M. Kimura, il était environ deux heures du matin. Eva s'était levée pour m'ouvrir. Nous avons discuté un peu, mais je n'étais pas disposé à parler et la conversation languissait. Eva, la première, avait parlé d'aller se coucher…

Il regarda Tetsuko.

— À ce moment-là, on sonne à la porte. Émotion. Je vais ouvrir. C'était le phénomène d'au-dessus, que je voyais pour la première fois et qui était accompagné de sa femme. Tous deux « semblaient » ivres. Eva leur parle. Le bonhomme est très bavard. Bref, ils nous laissent en paix… Normalement, nous aurions dû nous coucher, mais Eva me propose alors un whisky et se met à me poser des questions fort précises sur ce qui m'est arrivé…

— Je comprends, intervint Tetsuko. Vous pensez que ce monsieur, écoutant ce qui se passait entre vous deux, est descendu pour la rappeler à l'ordre et lui indiquer les questions à poser ?

— C'est ça. Donc, Eva se met à poser des questions précises et insiste tellement qu'elle commence à m'indisposer. Que se passe-t-il ? Le téléphone sonne… Je décroche… On n'entend qu'une respiration un peu sifflante, rien d'autre…

Tetsuko sourit.

— M. Yamanaka, indiquant par ce moyen à madame Davidson qu'elle avait trop forcé la note.

— Exactement.

— C'est un peu mince, remarqua la jeune femme.

— Ce n'est pas tout. Attendez... J'ai revu M. Yamanaka la nuit suivante, vers quatre ou cinq heures du matin. Je venais de ligoter votre collègue que j'avais trouvé ici et de lui annoncer mon intention de repartir à la recherche d'Eva. Je ne suis pas sorti immédiatement parce que j'avais oublié de fouiller mon prisonnier. Cela m'a pris deux ou trois minutes. En ouvrant la porte, je me suis trouvé nez à nez avec M. Yamanaka, lequel m'a fait comprendre par gestes qu'ils avaient été réveillés par du bruit, sa femme et lui, et qu'il venait aux nouvelles...

La jolie Japonaise fit une moue.

— Cette fois, avoua-t-elle, cela devient trop difficile.

— Avec un micro ici, M. Yamanaka aurait pu m'entendre dire que je partais. Il me croyait déjà en bas lorsqu'il est venu...

— Pourquoi venait-il ?

— Pour étrangler votre collègue.

— Comment serait-il entré ?

— Avec un double de la clé. Il n'y a jamais eu d'effraction.

— Pourquoi voulait-il étrangler mon collègue ?

— Il possédait un moyen de pression sur Eva, suffisamment puissant pour la faire agir à son gré. Il en voulait un contre moi.

La jolie Japonaise ne semblait pas convaincue. Hubert trancha :

— Nous sommes en pleine hypothèse. Admettons encore que M. Yamanaka soit revenu pendant mon absence pour étrangler votre collègue. Il m'entend rentrer, descend et me guette en bas, car il devine que je vais essayer de me débarrasser du cadavre le plus vite possible. Dans le hall, il m'aide à sortir le colis de l'ascenseur, puis à le porter jusqu'à ma voiture. Là, il s'arrange pour faire casser la corde, malgré mes objurgations et les mains du cadavre sortent du paquet. Il se sauve...

Tetsuko écoutait avec beaucoup d'attention.

— Croyez-vous qu'il prévienne la police ? Pas du tout. Eva lui téléphone, lui raconte une histoire imbuvable de mannequin de caoutchouc bourré de sable et tout va bien. Il accepte tout...

— Alors, le chantage contre vous ?

— Nous y reviendrons. Le plus important était de nous faire réintégrer cet appartement où il pouvait nous surveiller. Il fallait donc nous ôter toute crainte... Bon ! Eva me fait une scène au restaurant Prunier, à cause de vous, et me plaque. Je viens ici deux heures plus tard, pensant l'y retrouver. Elle n'y est pas. Je vais partir pour aller au rendez-vous du colonel Kawaishi, lorsqu'elle arrive. Et je note, presque inconsciemment, que je n'ai pas entendu le bruit caractéristique de l'ascenseur. Comme elle n'était pas essoufflée, j'en conclus maintenant qu'elle venait de l'étage au-dessus, de chez Yamanaka. Là, grande scène du deux pour m'empêcher d'aller voir votre patron, chantage sentimental, etc. Bref, je pars quand même. Entretien assez décevant. Je reviens. Eva est là, décomposée. On avait envisagé que le SR japonais pouvait refuser de collaborer et on avait préparé une petite histoire toute prête, sur laquelle je préfère passer.

— C'est ce soir-là que vous aviez rendez-vous avec moi au Benibasha ? insinua Tetsuko d'un ton faussement détaché.

— Oui. On a tout fait pour m'empêcher de m'y rendre.

— Tout ?

Hubert toussota.

— Finissons-en. Eva prétendait que son espion maître chanteur lui avait demandé un document d'une grande importance et que le rendez-vous était fixé au même endroit et dans les mêmes conditions que mercredi soir. Elle avait le papier dans son sac ; nous avons eu un accident et le papier a disparu du sac. Je crois maintenant qu'elle a laissé le papier ici, elle est revenue sous prétexte d'avoir oublié les clés de la voiture, que M. Yamanaka est descendu tout tranquillement le chercher aussitôt, et qu'elle est rentrée volontairement dans ce malheureux poteau, au carrefour de la Ire et l'avenue A.

— Admettons tout cela, dit Tetsuko, pourquoi ce M. Yamanaka aurait-il assassiné une collaboratrice aussi soumise ?

— Justement parce qu'elle avait cessé brusquement d'être soumise. Je ne sais pas ce qui s'est passé en elle, je suis mal placé pour en parler…

— Elle était amoureuse de vous ? proposa Tetsuko.

— Peut-être. En tout cas, elle l'affirmait. Il est vrai qu'elle avait passablement bu. Elle voulait absolument me parler, elle avait des choses importantes à me dire. À ce moment-là…

— M. Yamanaka est arrivé.

— Oui. Sous prétexte de venir emprunter une bouteille de whisky. J'étais désemparé, j'en ai profité pour sortir et aller vers vous…

— Et il l'aurait tuée tout de suite ?

— J'ai cru tout d'abord que non. Elle était en chemise de nuit et le lit était défait. Mais, ensuite, je me suis aperçu qu'elle ne s'était pas démaquillée, et elle n'était pas assez ivre pour escamoter un cérémonial aussi sacré. Je pense qu'on l'a déshabillée après l'avoir étranglée...

Tetsuko soupira :

— Votre théorie serait bonne, si... Mais il manque les micros.

Hubert s'exclama, avec toutes les apparences de la spontanéité.

— Mais il existe des micros assez sensibles pour capter la voix à travers le plâtre d'un plafond, s'ils sont placés sous le parquet, par exemple...

Il avait brusquement baissé la voix.

— Tetsuko, prenez la voiture et filez chez le colonel demander des renforts. Qu'ils viennent avec un mandat de perquisition si possible...

Il lui sembla avoir entendu remuer à l'étage au-dessus. Tetsuko remit son manteau. Hubert lui fit signe de ne pas se presser.

— N'oubliez pas ceci ! dit-il à haute voix.

Ceci n'était rien. Un peu pâle, elle longea lentement le vestibule, ouvrit la porte.

— Ne criez pas ! ordonna en anglais une voix assourdie. Reculez... Les mains en l'air, s'il vous plaît.

Fascinée par le canon de l'arme braqué sur son ventre, elle obéit. Les intrus la suivirent et refermèrent la porte.

Hubert apparut sur le seuil de la chambre. Il s'inclina :

— Soyez le bienvenu, monsieur Yamanaka, ainsi que votre honorable épouse. Je vous attendais.

Le Japonais avait attrapé Tetsuko par un bras. Il la fit pivoter contre lui, l'utilisant comme bouclier.

— Les mains en l'air ! ordonna-t-il. Ou je tue votre amie...

Hubert éclata de rire.

— Vous pouvez bien la tuer tout de suite si vous le voulez, cela m'est bien égal. De toute façon, je ne suis pas armé…

Il montra ses mains nues ; puis, sans se préoccuper de la menace qui pesait sur lui, il gagna la salle de séjour.

— Entrez donc ! Je suis ravi de vous voir. Nous allons pouvoir discuter un peu…

Déconcerté, M. Yamanaka ne savait visiblement plus sur quel pied danser. Il consulta du regard son honorable épouse, aussi étonnée que lui. Ils se décidèrent à suivre Hubert, poussant toujours Miss Tetsuko devant eux comme un rempart, et le retrouvèrent occupé à disposer des verres sur la table basse de la salle de séjour.

— Whisky ?

Aucune réponse. Il rit, très détendu :

— Je sais que vous aimez ça, hein ? Asseyez-vous donc…

Il semblait ignorer complètement l'automatique que M. Yamanaka tenait déjà d'une main moins assurée. Le whisky servi, il prit un verre et se laissa tomber dans un fauteuil.

— Vous avez entendu ma petite histoire ? demanda-t-il d'un ton très cordial. Dites-moi ce que vous en pensez !

Circonspect, le Japonais répondit :

— Pas mal. À quelques petits détails près. Sans importance, d'ailleurs…

— Vous êtes un grand cachottier, s'amusa Hubert. Vous parlez très bien notre langue…

— Je ne suis pas japonais, mais coréen. J'ai servi dans l'armée américaine…

Il se dégelait un peu, essayant toujours de comprendre la raison de l'attitude imprévue adoptée par

Hubert, mais persuadé qu'il était toujours le maître de la situation grâce au Colt 45 qu'il ne lâchait pas.

– Vous pouvez vous vanter de m'avoir fait marcher, reprit Hubert. Vous êtes un type très fort ! Supérieurement intelligent ! Si, si, je le dis comme je le pense... Asseyez-vous donc, ne restez pas planté comme ça, vous me donnez le vertige...

M. Yamanaka hésitait.

– C'est Tetsuko qui vous ennuie ? Faites-la passer par ici. Tetsuko, viens t'asseoir là.

La jeune fille obéit. Son visage était impénétrable, mais elle évitait de regarder Hubert. M. Yamanaka s'installa doucement, sans les quitter un instant des yeux. Puis sa femme l'imita. Ils étaient maintenant assis tous les quatre et Hubert avait la certitude que la femme n'était pas armée.

– Monsieur Yamanaka, reprit-il avec rondeur, je vais vous faire une proposition honnête. Vous avez pour vous l'intelligence et l'imagination ; ce qui vous manque : la pratique et la connaissance des services secrets pour et contre qui vous travaillez. Cette pratique et cette connaissance, je les ai, moi. Et ce que je vous propose, c'est une association...

De toute évidence, l'autre n'en croyait pas ses oreilles. Hubert insista :

– J'ai de l'ambition. Vous pouvez comprendre cela ? Nous pourrions monter à nous deux la plus formidable agence privée d'espionnage qui ait jamais existé. Nous vendrions au plus offrant et nous gagnerions de l'or. Voyons, franchement, combien avez-vous tiré des informations que vous avez piquées sur ce sous-marin lanceur de fusées ?

– Je ne les ai pas encore négociées, répondit Yamanaka. Juste pris quelques contacts...

Hubert se sentit soulagé. Il savait maintenant l'essentiel.

– Si vous suivez mes conseils, nous en tirerons un maximum.

– Comment puis-je savoir si vous ne me tendez pas un piège ? objecta son interlocuteur.

– Je puis vous donner des gages immédiatement, proposa Hubert. Nous avons ici un flic, que nous avons fait prisonnier. Voulez-vous que je le tue devant vous ?

Un sourire sardonique retroussa les lèvres pâles du Coréen.

– Je voudrais bien voir ça.

– Allons-y ! répliqua Hubert en se levant d'un bond.

Yamanaka réagit à peine. Hubert avait obtenu ce qu'il voulait : l'habituer à des déplacements brusques, c'est-à-dire, en fait, le désarmer moralement. Il gagna la chambre, ouvrit le placard et en sortit son prisonnier qu'il porta sur le lit. Le Coréen demeurait sur le seuil, d'où il pouvait continuer à surveiller la porte de la salle de séjour. Il n'avait pas oublié Tetsuko.

– Regardez, lança Hubert. Mieux que les mains, l'oreiller…

Il s'empara de l'oreiller sous lequel il avait dissimulé le revolver du policier. Sa main droite, glissée dessous, saisit l'arme. Il tira dans le mouvement, à travers la plume…

Étouffée, la détonation ne fit pas grand bruit. Atteint en pleine tête, M. Yamanaka – ce n'était sûrement pas son vrai nom – s'écroula raide mort, sans même avoir eu le temps de comprendre ce qui lui arrivait.

– Et voilà ! ponctua Hubert.

Un clin d'œil au policier ébahi. Il regagna la salle de séjour, après avoir enjambé le corps. Mme Yamanaka s'était levée, inquiète, mais n'ayant pas réalisé que l'on venait de tuer son mari.

— Les mains en l'air ! ordonna Hubert. Chacun son tour. Tetsuko, ficelle-moi ça en vitesse...

Mais Tetsuko était en train de s'évanouir. Hubert, ennuyé par ce contretemps, se rapprocha de la Coréenne et l'assomma d'un coup de crosse. Puis il retourna dans la chambre et libéra le policier japonais.

— Vous avez compris ce qui s'est passé ? demanda-t-il.

— Oui, affirma l'homme, pas encore revenu de sa surprise.

— Vous êtes prêt à en témoigner ?

Le Japonais se redressa. Mais ses jambes étaient ankylosées et il retomba assis sur le lit.

— Je ne regrette qu'une chose, c'est de n'avoir pas descendu moi-même ce salopard.

— Qu'à cela ne tienne, répliqua Hubert. Vous pouvez dire que c'est vous. Je confirmerai. Cela vous vaudra sûrement de l'avancement.

— Mais...

— Nous sommes les seuls témoins, n'est-ce pas ? Nous allons arranger ça très bien, vous verrez...

Hubert, qui avait une grande expérience de ce genre de chose, ne tenait pas du tout à revendiquer des morts, même honorables. Il savait quels ennuis pouvaient en découler.

Il retourna dans la grande pièce, appela au téléphone le colonel Kawaishi, puis Babcock, et leur expliqua ce qui venait de se passer. Puis il souleva Tetsuko dans ses bras et l'emporta vers la salle de bains.

— Allez donc surveiller la donzelle, de l'autre côté, conseilla-t-il au policier. Elle pourrait se réveiller et faire des bêtises.

Il ranima Tetsuko sans peine. Toute pâle, les yeux pleins de larmes, elle le regardait avec un mélange d'effroi et de ravissement.

— Qu'est-ce qui vous est arrivé ? demanda-t-il avec une tendresse bourrue.

Elle ouvrait la bouche pour répondre lorsque le policier apparut, revenant sur ses pas.

— Excusez-moi, dit-il, mais je suis obligé d'appeler mon chef pour le mettre au courant.

— Appelez qui vous voudrez ! répliqua Hubert sans cesser de regarder Tetsuko.

Ils furent de nouveau seuls.

— Alors ? reprit Hubert.

Elle se serra contre lui, tête baissée.

— C'est difficile... Je...

— Excusez-moi...

Encore ce flic !

— Si mon chef me demande qui vous êtes... qu'est-ce que je lui réponds ?

— Que vous n'en savez rien et que vous vous en foutez !

— Mais...

— Zut ! hurla Hubert en lui flanquant la porte au nez.

Il reprit Tetsuko dans ses bras. Elle leva vers lui son joli visage qui retrouvait des couleurs.

— Alors ?

— J'ai cru... J'ai cru que vous vouliez vraiment... Vous jouiez si bien votre rôle. C'était affreux ! Oh ! J'avais tellement... tellement d'estime pour vous.

— Appelons ça de l'estime si vous voulez, plaisanta Hubert.

Ils firent chacun la moitié du chemin, honnêtement, et leurs bouches se trouvèrent. Longtemps après, Hubert murmura, sans rompre le contact :

— Je connais un petit hôtel japonais tout à fait ravissant. On vous offre une brosse à dents quand vous arrivez et le peignoir et les savates font partie du service. Un seul inconvénient : c'est très mal fréquenté.

Elle gloussa de plaisir.

— J'en connais un autre encore meilleur, susurra-t-elle. Il y a même un jardin, et les cerisiers sont déjà en fleurs...

— Exactement ce qu'il nous faut, poupée d'amour.

On frappait à la porte.

— Elle se réveille, qu'est-ce que j'en fais ? cria le policier.

Hubert répondit sur le même ton :

— Chante-lui une berceuse. Et laisse-nous tranquilles !

Cet ouvrage a été composé
par FACOMPO, LISIEUX

Impression réalisée par
CPI France
en juillet 2021
pour le compte des Éditions Archipoche

Imprimé en France
N° d'impression : 3044126
Dépôt légal : septembre 2020